L'arbre à musique

Auteur

Fabrizio Terenzio est un personnage pas loin de ses créations. Né à Paris d'origine italienne, étudié à Genève et débarqué au Sénégal depuis fort longtemps où lui et sa famille ont trouvé « leur village ». Il est activiste des droits de l'enfant et pour le pouvoir de la jeunesse, lui céder la parole, lui garantir l'action, afin d'assurer notre présent et notre avenir.

L'arbre à musique

Fabrizio Terenzio

Illustration par Elena Terenzio

ÉDITIONS AMALION

© Amalion 2018

Éditions Amalion
BP 5637 Dakar-Fann
Dakar CP 10700
Sénégal
http://www.amalion.net

ISBN 978-2-35926-075-5 (broché)

ISBN 978-2-35926-076-2 (ebook)

Conception de la couverture par Theo Petroni

Conception de l'intérieur par Amalion

A Marie Claude.
Tu aurais certainement été un tout petit peu fière
de cette édition

Table des histoires

Kwotu

« Tu les verras danser là-haut, jusqu'à recouvrir la dernière lumière, et chanter l'histoire de cette journée-là. »

L'heure des oiseaux

« Cette terre est à moi, car je suis né, ici même, il y a long-temps, et chaque jour de ma vie j'y ai pêché, comme l'ont fait avant moi mon père et le père de mon père. »

Adama, le vieux de Kwotu, s'affairait autour du repas qu'il servait à ses moutons, canards, pintades, ainsi qu'aux cent pous-sins parisiens achetés la veille à l'arrivage d'un jumbo jet. Tout se déroulait comme dans un rite quotidien : les animaux premiers servis, puis, assis ou accroupis sur des tabourets, des pierres, et des bidons d'essence, nous créions un grand cercle autour du bol dans lequel nous puisions de nos mains droites.

Du riz et du poisson, quelques légumes : ce repas chaque jour nous revenait, de même qu'il revenait à quiconque ce jour-là était présent parmi nous.

~~~~~~

Et si le vieux m'avait parlé ainsi, c'est parce que je l'avais heurté. J'avais alors écouté son histoire et, ce jour-là, j'avais renoncé à mes propres raisons et impulsions, pour lui faire comprendre, d'un seul regard, combien je regrettais d'avoir troublé sa paix et dérangé par mes actes et ruades la science de ses équilibres multiples.

« Ce n'est pas bon de trop parler. Souvent, je vois des gosses qui viennent ici et font des bêtises. Ils croient que je ne m'aperçois de rien, mais ils se trompent, moi je vois tout ici, mais je ne parle pas. »

Kwotu c'était comme un grand refuge, toutes sortes de folies s'y abritaient et circulaient en pleine quiétude. Des gens, tous différents, et en même temps semblables : des gosses des avenues commerciales aux fonctionnaires qui se reposent, des artistes qui s'inspirent, un Libanais industriel, un trompettiste, un colonel.

Certains y arrivaient tout à fait déboussolés, ou socialement ruinés : les divorcés, ceux qu'on montre du doigt, ceux qui en ont marre de travailler. Ils venaient chercher un peu de calme, jouer aux dames, ou simplement s'asseoir et observer la mer et l'île en face, ou au-delà des terres lointaines et proches, comme dans une illusion pourtant bien réelle.

～～～

Puis une pirogue rentrait, et tous confluaient sur la petite plage, parce qu'il fallait la remonter au sec, à l'abri de la marée ; et c'était fatigant, mais personne ne se défilait, car il fallait le faire, pour continuer l'histoire de toutes ces pirogues et de tous ces pêcheurs, et des poissons, retirés un par un des filets pour être consommés dans les bols de riz par les gens, petits ou grands, humbles ou orgueilleux, magnifiques ou horribles ou bien absurdes, tous les gens de cette ville.

Car Kwotu n'était pas une terre lointaine; Kwotu se cachait au cœur même d'une ville, à quelques pas des grilles hautes et noires du blanc palais du président, des fenêtres innombrables des ministères, et au pied de l'hôpital, propre, moderne et efficace, l'orgueil des gens de bien de la cité. Tant de grands circulaient, mais on ne les voyait pas. Il suffisait d'un bref virage, d'une courte descente, et tout changeait. Le pouvoir de l'arrogance s'effaçait pour céder la place au vieux pêcheur sur sa terre, et à ses nombreux hôtes.

Un lieu malfamé et craint par les imbéciles épouvantés par le fantasme d'un féroce concubinage entre brigands et esprits du mal, coupeurs de tête, fumeurs de chanvre, et déments en tout genre… mais également loué par tout être sensible, arrivé en ce lieu plus par instinct que par hasard, et fuyant un instant le règne de Chica'O. Et le vieux me disait: « Vous les Blancs, vous êtes différents, vous aimez trop la mer. Mais pour les gens d'ici, seul un pêcheur voudra accepter de vivre dans un endroit pareil. »

Pourtant Kwotu existait dans bien des cœurs. Ils étaient venus tout gosses, en bandes, plonger et nager ou jouer ici à des jeux partout ailleurs interdits. Et parmi ceux qui décriaient Kwotu, certains avaient oublié cet « eux-mêmes d'un autre temps ». Ils restaient prisonniers du mouvement frénétique de Chica'O. Les temps étaient différents comme le goût de la vie, la présence de la lune qui parfois était là pour éclairer la nuit, et parfois n'y était pas, mais nous laissait la compagnie des étoiles en l'attendant.

～～～

Et pour l'attendre, il n'y avait pas seulement quelques habitants, pêcheurs ou rêveurs ou bienheureux paumés. Le peuple de Kwotu était très ample et très varié, et il ne marchait pas toujours sur deux pieds. Certains nageaient sous l'eau, d'autres volaient ou grimpaient, sautant d'une branche à l'autre, rampaient toujours, vivaient la nuit, chantaient le matin, miaulaient très fort en faisant l'amour, ou encore, dans le secret d'une brique, produisaient du miel.

On rencontrait même quelques serpents, les malheureux, lapidés par des hordes de gosses exterminateurs, qui assouvissaient leurs ardeurs guerrières lorsqu'ils réussissaient à les dénicher.

Chacun avait son temps et se présentait sur la scène quotidienne de Kwotu, pour l'inscrire invariablement. L'heure des coqs, l'heure des singes, l'heure des poissons, l'heure des moutons, l'heure des soûlards, l'heure des pintades. Jusqu'à l'heure la plus magique et merveilleuse au crépuscule, l'heure des oiseaux.

～～～

Toi qui lis ces paroles, efforce-toi un instant de découvrir la mer en face de toi, observe le bien et lève les yeux vers le ciel, alors que toutes les couleurs sont en train de se mélanger et qu'arrivent les premiers oiseaux du soir. Peux-être ne les remarques-tu même pas, car tu en vois souvent de jour. Mais laisse le temps s'écouler et bientôt tu en verras tant et tant et tant d'autres encore. Tu les verras danser là-haut, jusqu'à recouvrir la dernière lumière, et chanter l'histoire de cette journée-là, recueillie aux quatre coins du règne de Chica'O, et te la raconter à toi aussi, ébloui et déconcerté. Car jamais hors de Kwotu, tu ne pourras assister, muet et immobile, à une fête si grande comme en cet instant-là, où tu trouveras le droit et l'envie de t'envoler, de chanter la vie et de marquer le crépuscule, à la frontière entre le jour et la nuit.

Et de toutes les folies de Kwotu, celle-ci est assurément la plus belle. C'est le secret de ceux qui restent, ne font pas « que passer », ne viennent pas seulement prendre, mais sont capables de recevoir, dans une attente paisible, sur la terre de ce vieux pêcheur.

L'enfant

Un vrai plongeon du haut d'un rocher. Je m'y prépare depuis longtemps : bien concentré, les pieds et les orteils accrochés à chaque aspérité, les bras tendus, les doigts dressés, prêts à transpercer la mer ; la machine respiratoire en alerte, oxygénation, décompression, vérification des différentes soupapes du nez, des oreilles, et de la bouche, le regard déjà perdu ailleurs, l'esprit enfin, qui navigue entre les éléments, tel un défi lancé à un autre moi-même. Car toute la vie je l'avais tenté, en me mirant dans l'eau, en respirant profondément, en imaginant mille exploits, y aller, ne pas y aller, en hésitant jusqu'à l'ultime moment, puis en y renonçant.

Et pourtant je n'ai pas coulé, sans même avoir bu la tasse, je nage tout près du fond. A première vue tout paraît flou, et je me sens très myope. Mais peu à peu je m'habitue à distinguer le profil des rochers, puis les taches sombres des multiples oursins, quelques couleurs de fleurs marines. Un poisson trompette s'éclipse sans me saluer, un poisson lune presque rond avec sa petite bouche en mouvement me fixe. Il est temps de remonter, mes bras cherchent l'azur, je me laisse glisser vers le haut, et là où cesse l'eau, l'air commence invisible et suspendu un peu partout, là où le soleil illumine, il fait bon respirer.

J'aime nager chaque jour à Kwotu : de longues promenades dans la mer, des découvertes et des rencontres. Nager contre les courants, tout en sachant pouvoir tôt ou tard revenir à la rive. Me faufiler dans le lointain pour me perdre et puis lutter en quête de mon propre salut. Ou encore rester immobile le ventre à l'air, à regarder je ne sais quoi, et penser pas grand-chose, tout en laissant les bras et les pieds s'enfoncer tout doucement, ensuite me

« J'accomplissais des actes dictés par mon marabout. »"

remplir d'air pour les ramener en surface. Mais parfois surviennent les ondes qui commencent à tout agiter, difficile alors de rester immobile : il me faut nager en m'adaptant aux détails de leur mouvement. Je deviens un gros crapaud qui défie l'élément et grimpe énergiquement jusqu'à la crête pour se laisser glisser et retenir son souffle en attendant la suivante.

Et si je tourne mon regard vers le large, je découvre une île et rêve de nager jusque là-bas, un jour. Vers la pointe de cette île, tout près du phare, sur la terrasse d'une construction rose, un ami peint. Au-delà de son atelier, il n'y a pas le vide mais bien l'océan. Quelle belle nage ce serait d'aller rejoindre les terres suivantes, du coté de Recife !

Mais si la tête me tourne, il me suffit de la retourner et de lancer mon regard vers le rivage de Kwotu, un long rocher et toute une vie, l'oiseau blanc au long bec : je le regarde, il me regarde, on s'observe longtemps en contournant la pointe. Un solitaire en profonde méditation me voit sans me regarder, un homme et une femme se tiennent par la main, en se racontant une histoire infinie. Une grosse dame et un petit monsieur promènent leurs cannes à pêche. Un enfant.

Il évolue sur les rochers avec des gestes étranges que je reconnais aussitôt. Ses regards et ses paroles interpellent la mer avec une solennité grave et intense, et une haute concentration, en enveloppant des mains les confins de sa boule de cristal, tel un sac en plastique qu'il tient par-devant lui. Les jeux magiques de celui qui fait tout sérieusement, très sûr, très convaincu. Magie d'étrangetés déjà goûtées, mais que je contemple maintenant.

Je ne peux que nager et en le regardant, c'est vers lui que je me dirige. Comment faire autrement ? De son côté, marchant sur le rocher il s'approche également, et me voit sans me regarder. J'essaye de le saluer, pas de réponse, mais sa tête a eu un bref hochement. Le regard n'est pas bon, il paraît trop sévère.

Alors je continue à nager en l'ignorant, comme nager sans remarquer une présence extraordinaire, un peu de joie, et un peu de terreur, un enfant n'est pas en train de me poursuivre sur le rocher ! Et la lune n'est pas là, tout comme l'île qui n'est pas en face, les oiseaux du crépuscule sont absents, Kumba Castel ne répond plus à ma musique, et Mame Kumba Kwotu ne me protège plus des sirènes, des méduses, des requins, ces dangers incessants.

Je lui jette un regard, nous avons progressé parallèlement. Debout sur l'ultime rocher de la pointe, il s'agite de plus en plus. Tout son jeu s'est accentué, ses gestes sont très précis. Il marche de long en large, puis s'arrête pour évoquer le ciel, lance des cailloux aux vagues, attrape la mer par le collet, s'asperge le front, les jambes et les avant-bras, murmure des formules inouïes en grimaçant. Brusquement il tourne le dos, comme si tout était fini, je le regarde.

Vision nocturne ou rêve diurne ? Ç'avait été une nuit bien longue, un matelas de coussins, près de l'eucalyptus couché par l'orage qui n'a pas jugé bon de l'achever et a laissé la moitié de ses racines déterrées. Ses feuilles sont bénéfiques: " Si tu les brûles, elles éloignent de toi les moustiques, et si tu les laisses infuser, elles guérissent le rhume la bronchite et la toux " m'explique un vieux du même âge que mon grand-père qui, lui, me les offrait sous forme de bonbons. Une nuit comme un songe, et les yeux entrouverts découvrant un toit qui n'y est pas, là-haut, une multitude de lucioles immobiles, tout autour, des mouvements parfois très proches et parfois plus secrets, et les grillons, et les vagues.

Il n'est plus là, mais où s'est-il caché ? Et je nage à ses trousses, je dépasse la pointe, et pénètre dans la crique, le voilà. Je m'approche jusqu'à presque le rejoindre, mais il se retourne brusquement et dresse sa main droite, la paume à plat pour me stopper. Puis il tend le bras gauche, et de l'index me désigne d'autres rochers un peu plus loin.

Ces gestes et ce regard commencent à m'irriter. Ma force, ta force, contre la tienne, la mienne. Si tu fais bliblibli, je réponds blobloblo, toi tu surenchéris, moi je montre les dents, sale miochicot, insecte ! Mais inutile de me rebeller, je m'éloigne donc vers ces autres rochers. Puis je grimpe au sec.

Gosse féroce, je te tourne le dos, et je m'éloigne. D'ailleurs je vais monter, j'ai le pied sur la première marche, tu vois...

Alors tu arrives à ma hauteur, puis me dépasses. Instinctivement je te salue: « Salam Aleikum », tu fais un pas, puis un autre, au troisième tu t'arrêtes et te retournes me présentant des yeux vitreux dignes d'un gosse ensorcelé: « Maleikum Salam » et tu t'échappes. Déjà sur la petite plage, tu remontes vers les joueurs de dames, voilà tu es parti. Je ne vais pas te poursuivre, ni te rappeler, je reste sur place à fixer le point où tu as disparu, et pourtant, ça ne peut être terminé.

Tu réapparais là-bas près de ma pirogue, en me fusillant du regard, tu fonces vers moi. Je m'assois dans le sable, et autour de moi je trace un cercle. « Ce cercle me protège, tu ne peux pas y pénétrer. » Mais la mer, toujours elle, ne l'entend pas ainsi, elle se précipite, et d'une vague avale promptement ma défense.

Accroupi devant moi tu m'interpelles: « Pourquoi m'as-tu dérangé lorsque j'étais sur les rochers ?

— Je ne t'ai pas dérangé, tout au plus je t'ai salué.

— Ainsi s'ouvre le temps de la parole.

— J'accomplissais des actes dictés par mon marabout

— Mais pourquoi des gestes si solennels ?

– Beaucoup de gens se sont noyés dans cette mer, tu sais, ce sont des choses sérieuses, mais toi tu es étranger, tu ne peux pas comprendre.

– Ça c'est toi qui le dis, mais je ne parle pas de tes gestes, ils pouvaient être beaux, mais toi, tu sonnais faux. »

Un instant tu hésites en cherchant une réponse, après quoi, comme par enchantement, tu te détends, tu souris et d'une voix moqueuse tu t'écries : « C'était une farce, et toi tu y as cru ! »

Ça aussi ce n'était pas nouveau, j'avais si bien connu l'enfant qui s'amusait à faire d'énormes blagues en prenant un air très sérieux, jusqu'au jour où sur une plage, j'avais écrit son aventure finale sur le sable éclairé par les étoiles, et ensuite englouti, tel un serment, par la mer.

Alors l'enfant redevient gosse : sa maman, son école... Il pose des tas de questions et moi, je lui réponds, comme à la fin d'une belle histoire.

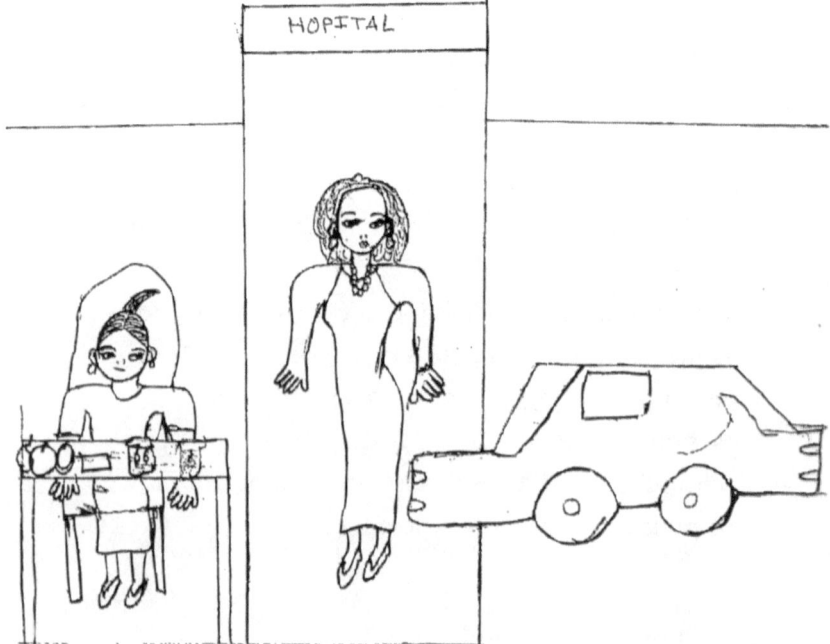

Coup de foudre

Je viens de rencontrer une fleur merveilleuse. Je l'attends, assis sur le muret du parking de l'hôpital. C'est beau ainsi : le monde s'est arrêté, tous mes plans se sont dilués, car j'attends une fleur merveilleuse rencontrée par hasard en marchant vers l'hôpital.

Le monde peut bien s'écrouler, comme peuvent s'effondrer mes espoirs en tout et rien, peu m'importe, car je reste ici.

Assis devant l'hôpital, j'attends ma fleur pour lui dire « Tu es une fleur merveilleuse, tu es une fleur, vraiment, tu es une fleur, je t'ai attendue, vraiment je ne sais quoi te dire d'autre ou de plus beau, tu es une fleur ... »

La fleur s'approche et je suis en sueur, je tremble un peu, de fatigue et de vide, mais deux femmes surviennent, leurs bébés sur le dos,elles s'arrêtent devant moi. La fleur est passée sans me voir, et je ne l'ai pas vue, la fleur a disparu.

« J'attends une fleur merveilleuse rencontrée par hasard en marchant vers l'hôpital »

Gauloises Diop

Un matin, je l'ai aperçu sur la petite colline, au-delà de ma chambre : un jeune inconnu affairé, activité suspecte, il ramassait je ne sais quoi.

Par la suite, j'avais attrapé mon trombone et fabriqué des notes interminables face à Gorée, comme pour nettoyer mon souffle, et mettre à niveau chaque son. Dans mon dos « Bonjour ». Mais je ne réponds pas. « Bonjour, eh frère, bonjour ». À la fin je me retourne et j'aperçois sa face de gosse pas trop timide, le visage sale, le regard simple, le pull rouge bordeaux vieux et abîmé.

« Frère, tu me donnes une cigarette. »

De mauvaise humeur, je lui réponds: « Je n'en ai pas, je les ai terminées hier soir», et je reprends mes partitions.

— Eh frère !

— Qu'est-ce que tu veux encore ?

— Es-tu Allemand ou Français ?

— Je joue ma musique, laisse-moi la paix, je n'ai pas envie de discuter maintenant. Il s'en va.

~~~~

Plus tard, je rentre dans ma chambre, je prends un livre de musique, et je joue quelques exercices. Peu après, il revint. « Frère ».

— Qu'est-ce que tu veux ?

— Tu as une allumette ?

Je prends une boîte vide et je mets dedans quatre brins d'allumettes ; je la lui tends, et je recommence à jouer.

« Frère, voilà ta boîte, fit-il.

— Garde-la, répliquai-je.

– Non, je ne veux pas la boîte, je voulais seulement les allumettes. Il insista.

– Garde la boîte et laisse-moi jouer, m'énervai-je.

– Je t'ai dit que je ne veux pas la boîte, je n'en ai pas besoin, si elle ne sert plus, jette-la ».

Il me rendit la boîte d'allumette et puis s'en alla. Dans son dos je lui crie, « Je ne sais pas ce que tu viens chercher ici, mais je n'aime pas ça. »

Toute la journée il circule très affairé sur la plage. Je le vois amasser des objets de toutes les couleurs. Lorsque j'aborde la montée vers Chica'O, je le trouve à moitié chemin, et je pense, « aïe aïe »; lui, il me voit tout de suite et se met à tourner autour du poteau électrique. Puis il me court derrière et me demande encore une fois la cigarette que je n'ai pas.

Nous arrivons à la hauteur du grand baobab au milieu de la route ; j'ai réussi à créer une certaine distance en le laissant à l'arrière et de l'autre coté de la rue. Mais lui, tout à coup, accélère et décrit une savante parabole pour réussir à se faufiler entre moi et le baobab, puis il recommence à tourner, cette fois ci autour de l'arbre colossal. C'est étrange qu'il ait réussi à m'énerver à ce point.

Un soir, je le rencontre en ville « Frère, tu as une cigarette ? » Pas de chance, encore une fois je n'en ai pas sur moi.

Les jours passent, et de temps en temps il apparaît sur la plage, mais il ne s'approche plus. Les gens parlent de lui « Tu as vu le nouveau fou ? Ce matin, lorsque nous remontions la pirogue, il a fait mine de s'approcher et de nous donner un coup de main, et puis il s'est mis à faire de grands cercles autour de nous qui nous crevions à pousser. »

Mais la plage est en train de se salir à nouveau, les bidons poubelles sont pleins à craquer, on parle de faire une nouvelle grande fête du nettoyage.

« Il récolte l'essentiel : les boîtes de conserve, et objets divers tous colorés. »

Il est midi, le soleil cogne, les gens se reposent, il semble que personne ne bougera plus. Mais lui, il est sur la plage et il se dépense. Je sors de ma chambre et je l'aperçois au milieu d'un nuage de poussière. Il a avec lui deux grands cartons, dans lesquels il récolte l'essentiel, les boites de conserve et objets divers tous colorés. Pour tout le reste, il opère avec un seau à moitié cassé. Il ramasse les ordures et les jette dans un bidon poubelle pas tout à fait bourré.

Je fais le tour de la crique et je trouve partout des gens assis qui se reposent en le regardant, plus bas, au centre de la plage. Je me rends compte que chaque regard s'adresse à lui alors que chargé de toutes ces énergies, est en train de nettoyer les marches dans un crescendo devenu frénétique.

Et les gens commentent : « Désormais c'est lui notre grande fête du nettoyage ! » Quelqu'un dit : « Chaque soir le café au lait lui sera assuré comme récompense. »

Je me souviens alors d'une histoire que m'avait racontée une amie il y a longtemps. Il s'agissait du pensionnaire d'un asile qui avait attrapé la manie de tout nettoyer et de mettre en ordre. Les gens avaient pensé le récompenser et l'intégrer en lui proposant de s'occuper du nettoyage des cuisines, ils avaient même imaginé lui verser une indemnité pour son travail. Au bout du compte, il avait refusé, et de l'amour pour l'ordre il était passé à la passion pour le désordre.

« Attention aux indemnités », avais-je répliqué à Monsieur café au lait, « il pourrait se fâcher et jeter tout en l'air. Parce que maintenant il est content, il s'est mis au boulot et a réussi à attirer tous les regards, comme dans une performance, mais qui sait comment ça se terminera si on lui mélange les pédales. »

Un gosse joue avec lui et l'aide un peu. Puis il remonte. Je l'appelle et l'envoie acheter des cigarettes. A son retour, je lui en passe une et je lui dis: « Apporte-la à ton ami. » Le gosse me répond: « Qui ça, le fou ? »

L'ami maintenant a tout rangé. Il est couché sur la plage, a allumé un fourneau et fait cuire quelque chose dans une boîte de conserve. Le gosse s'approche de lui, mais je vois qu'il refuse la cigarette. Peu après il monte et s'approche de ma chambre: « Frère viens manger avec moi. »

— Merci, je viens de manger, je n'ai plus faim. Tu as reçu la cigarette ?

— Le gosse me l'a apportée, mais je l'ai refusée, car je n'aime pas demander.

— Mais puisque c'est lui qui te l'a apportée, tu ne l'as pas demandée.

— Mais je n'en voulais pas.

— Mais pardon, tu me demandes tout le temps des cigarettes, et si je t'en envoie une, tu la refuses.

— Bon, si c'est de tes propres mains, alors je peux bien accepter.

Je lui en tends une, il la prend, puis se pose le problème de l'allumage. Moi, je n'ai pas d'allumettes, mais Gnox, mon ami trompettiste qui est assis non loin de là, sort une boîte d'allumettes.

« Voilà, merci, peux-tu me donner quatre allumettes ? » Gnox lui fait signe qu'il peut garder la boite.

« Non, je n'ai pas besoin de la boite, je veux seulement les allumettes. »

— Mais comment vas-tu faire pour les allumer ?

— J'ai au moins douze boîtes vides, ce qui me manque ce sont les allumettes.

— Prends celle-ci ça t'en fera treize, c'est un bon chiffre !

— Non, non, les allumettes me suffisent », et il s'en va.

Peu après, le gosse remonte. « Il est vraiment fou, il a refusé la cigarette. En revanche, il a rempli d'eau de mer sa boite de conserve, et a ajouté un peu de calories. »

– De quoi ?

– De calories.

– Tu ne veux pas dire de riz ?

– Oui de riz, riz calories. Riz Caroline alors. Ah oui ! De riz Caroline, justement celui-là ».

Un peu plus tard, c'est l'ami qui remonte. « Frère, frère, maintenant je dois partir, mais je dois te demander quelque chose.

– Dépêche-toi, parce que je suis un peu pressé, je suis en train d'écrire cette histoire, et je dois bientôt partir pour le conservatoire.

– Frère, comment t'appelles-tu ?

– Gourgui et toi ?

– Gauloises Diop.

– D'où viens-tu ?

– De Mbour, en pleine zone du tourisme allemand.

– Moi je viens d'Alsace, de Strasbourg.

Puis il me demande de l'argent qu'il va me rembourser le lendemain sans faute, d'après ses explications un peu confuses. Mais je n'ai pas d'argent en poche, alors je lui dis : «Si tu veux, je peux te donner une cigarette. » Il l'accepte avec un sourire: « Alors tu t'appelles Gourgui, je ne l'oublierai pas. »

– Salut Gauloises, on se reverra.

Puis le gosse revient. « Mais toi, tu ne vas pas à l'école ?

– Non, moi, je suis mécanicien et musicien.

– Musicien, et tu joues de quel instrument ? De la trompette. Gnox et moi nous nous regardons, puis nous éclatons de rire.

La mort d'un autre

Les pompiers et la police ensemble, ils apportent avec eux une civière, ça a dû arriver finalement. Nous en parlions hier, « il est en train de mourir, il lui manque peu, il ne bouge presque plus, désormais les mouches lui tournent autour comme s'il était déjà un cadavre. »

— Comment est-ce possible que parmi les six enfants qu'il a faits, aucun ne vienne le saluer ?

— L'un d'entre eux était venu l'année dernière et l'avait vu alors qu'il ne pouvait déjà presque plus bouger, ça l'avait impressionné, il avait promis de revenir le chercher pour l'amener à la maison, mais on ne l'a plus revu.

— Sa femme l'avait quitté. Tout le monde sait qu'il était méchant, et il est juste qu'elle soit partie se marier avec un autre homme, mais les enfants, et la pitié ?

— Et il l'a payé amèrement, car c'est depuis qu'elle est partie que la maladie l'a attaqué.

— Il y en a même qui disent que ce n'est pas réellement une maladie, qu'il pourrait même s'agir d'un travail sur commande fait par un marabout.

— Le fait est qu'il a commencé à se comporter étrangement, s'isoler, à se renfermer sur soi même, à parler toujours moins, puis bégayer et à marcher de plus en plus mal, et à maigrir d'une manière effrayante. Déjà l'année dernière il avait terriblement honte en se traînant, après avoir déféqué dans son pantalon, jusqu'aux toilettes publiques où il s'enfermait pendant des heures en raison de l'extrême lenteur de chacun de ses gestes.

– On l'a amené plusieurs fois à l'hôpital, mais là-haut on lui a regardé le cerveau et ils y ont trouvé plusieurs trous, alors ils ont dit que c'était inutile et qu'il valait mieux le ramener à la plage.

– Et plus tard, il n'a plus marché. En novembre, il restait assis toute la journée, si tu le dépassais et que tu le saluais, il grommelait une réponse. Souvent il puait terriblement parce qu'il n'avait pas pu se retenir. La seule façon de rester en contact en lui faisant plaisir était de lui coller une cigarette allumée dans la bouche, et puis de s'éloigner.

– C'est vrai qu'on ne lui en a pas collé suffisamment, parce que souvent on le dépassait en l'ignorant, comme s'il était déjà parti. Ou alors, pour éviter la charge de ses yeux rendus géants par l'amaigrissement et qui semblaient tout connaître, en reflétant toute sa douleur, et surtout son désarroi.

– Et puis il n'a plus bougé du tout, il s'est couché, est devenu ombre, avec les yeux voilés qui ne regardaient plus. Il faisait froid, et il souffrait cet enfer qui se poursuivait au-delà de toute norme. Lui avec seulement la peau et les os, se redressait avec difficulté en fin d'après-midi, alors que nu devant tout le monde, ses compères pêcheurs le lavaient.

– Les derniers jours, il a disparu définitivement dans la cabane, pour en ressortir ce matin, mort.

– Maintenant l'habitude de sa longue agonie résonne comme un vide tout autour de la plage.

Le jour de l'enterrement, le vieux Zeng est resté assis sur la véranda de sable, pour garder la plage, alors que nous étions tous montés. En rentrant, je l'ai observé lui, également vieux et solitaire.

«Le jour de l'enterrement, le vieux Zeng est resté sur la véranda, pour garder la plage »

Le vieux Zeng

Un vieil homme, plutôt petit et plutôt frêle, à la démarche inégale et saccadée, le dos courbé, le front bas. Souvent il paraissait l'homme le plus malheureux de ce monde, mais il ne pouvait exister un visage si rayonnant lorsqu'il s'illuminait autour de son sourire, éveillé par l'espoir de son immense histoire du long de sa vie : l'aimer, elle, recevoir son amour et partager ensemble chaque instant de chaque jour.

Il revenait bredouille de sa montée quotidienne au règne de Chica'O, laissant se dandiner au rythme de ses pas, son panier bleu et vide, sans doute aussi vieux et rafistolé que lui, suspendu au bout de ses doigts croisés derrière son dos. Et à celle ou celui qui le rencontrait et lui demandait des nouvelles, il répondait d'une voix tremblante, bégayant d'émotion « Ils ne m'ont pas laissé l'approcher. Ils ont pris mes poissons, m'ont dit de m'asseoir et de les attendre, puis ils sont revenus expliquer qu'aujourd'hui ce n'est vraiment pas possible de la rencontrer, mais de passer demain. »

Parfois Kwotu connaissait des périodes difficiles, les journées se succédaient qui voyaient des filets toujours vides remonter sur la plage. On avait beau les plonger puis les tirer jusqu'au rivage, puis tout de suite les replonger, et peiner à nouveau, se déplacer, chercher un peu plus loin, inventer mille astuces : rien n'y faisait, le poisson était trop rare et ne suffisait même pas au repas des pêcheurs. Inutile alors de rappeler l'existence du vieux panier bleu qui restait triste et vide. Alors Zeng savait nous rassurer « Elle sait bien qu'il n'y a pas de poisson, elle s'intéresse à tout et se tient au courant de ce qui se passe ici. »

~~~~~~

Elle, elle très proche et invisible, à quelques pas, au sommet de la falaise, au bout d'une brève montée. Seul un battement d'ailes ou un soupir de vent les séparaient, mais certainement pas l'émotion des paroles d'amour que chaque soir il lui murmurait dans la solitude. Ses paroles s'envolaient du lit de cette cabane pour se poser plus haut sur le lit d'une chambrette, dans le grand hôpital où elle vivait.

Mais Zeng ne s'en tenait pas aux seuls murmures, et fréquemment il entrait en turbulence. Il fallait d'urgence convoquer un lettré, il fallait du papier, une plume et la patience, il fallait une enveloppe, et puis le timbre, le fonctionnaire des postes… toutes ces voies étrangement hiérarchisées pour faire pénétrer au-delà des grilles de «l'officiel» son message d'amour. Sa lettre, un torrent de passion, sans peur, sans omission, identique et répétée depuis tant et tant d'années, l'ardeur d'un cœur invariable qui dictait son désir fait parole écrite. Elle débouchait irrévocablement sur une certitude où s'effleuraient les mains et se souriaient les peaux, l'augure de cette journée proche et lumineuse qui verrait le triomphe des forces de justice et d'émotion sur celles de la tromperie et de l'humiliation. Ah ce jour-là, l'ennemi serait défait !

~~~~~~

L'ennemi se cachait partout, même à Kwotu. Il le regardait en ricanant: « Vieux fou, elle n'existe pas, elle n'a jamais existé », ou encore: « Mais qu'est-ce que tu espères ? Elle est partie depuis vingt ans, elle ne vit plus là-haut, Dieu sait où elle est maintenant, peut être même qu'elle est morte. »

Il jetait des regards désespérés et frémissait en répliquant: « Ça ne te regarde pas, tu n'en sais rien, elle est là-haut, ce sont les ennemis qui nous empêchent de nous voir, et toi, tu es comme eux, tu fais leur jeu ! »

Certains l'offensaient ouvertement : « Zeng, je l'ai aperçue hier soir, elle dînait avec un richard dans un restaurant de classe, après ils sont restés longtemps dans la bagnole du type, tu sais ce qu'ils faisaient tous les deux ? » Que pouvait-il répondre ? Il criait si fort que toute la plage s'arrêtait pour le regarder poursuivre son persécuteur un bâton à la main, mais c'était peine perdue.

Même le vieux Adama s'amusait à le taquiner, alors que tous ensemble ils réparaient les filets. Lorsque la conversation débouchait

« Tu n'en sais rien, elle est là-haut, ce sont les ennemis qui nous empêchent de nous voir. »

sur le thème de l'éternel amour, Adama soutenait que jamais femme n'avait su rester fidèle bien longtemps dans l'attente et l'abstinence. C'en était trop, Zeng lâchait son ouvrage, tout le monde était contre lui, ne comprenait rien, ne voulait pas comprendre.

Un jour, alors qu'en formant un cercle compact nous tentions de résister aux assauts répétés d'une horde de chiens, de chats, poulets, de canards, tous attirés par notre bol de riz, Zeng arriva surexcité et trébuchant. On l'aurait dit tout près à livrer bataille contre les espions, les traîtres, et les supérieurs en nombre : ces êtres impitoyables, qui s'acharnaient sans cesse. Et sans doute, dans ce dessein, s'était-il visiblement rempli la gorge d'un rouge breuvage, qui réchauffe le cœur, et augmente le sang de ceux qui doivent combattre.

Mais ce jour-là, on le laissa tout dire : « Elle était la seule avec tant de courage, l'unique qui osait prendre soin de nous tous, les malades et blessés africains. Et lorsqu'elle entrait dans les dortoirs avec ses grandes piqûres, il écartait les mains démesurément comme pour nous effrayer. Nous tremblions tous, nous avions très peur. Personne n'osait bouger ou protester, et elle nous piquait, l'un après l'autre, jamais personne ne l'a touchée, oh là là non ! Même pas un petit mot de trop. » Il se tenait debout et parlait très fort en faisant de grands gestes, et lorsque épuisé il tenta de s'installer sur un coin de tabouret, il tomba à la renverse et se mit à ronfler.

Cette scène déconcerta tous ceux d'entre nous qui n'avaient jamais voulu croire à son histoire, car il était évident que la toute-puissante armée coloniale avait eu en son sein une si valeureuse infirmière.

Quant à moi, j'avais définitivement choisi mon camp, car dans l'ivresse de ses paroles j'avais rencontré son sourire et j'avais hâte de le voir à nouveau.

C'est en le croisant dans la descente qui succédait à sa visite aux grilles de l'hôpital qu'Abdou et moi avions su lui faire plaisir. « Eh Zeng, j'espère que tu as déjà fixé la date de ton mariage, parce que moi, j'ai déjà réservé deux moutons et vingt litres de potion magique pour fêter, et toi Abdou ?»

— Moi boy, j'ai déjà acheté le tissu pour les pagnes de la mariée, et j'ai mis de côté un sac de riz !

— Et toi Malau ? (Pourtant l'un des ennemis les plus acharnés)

— Sale Blanc, ne m'emmerde pas ! (Il venait de se lever avec une forte migraine)

— Comment oses-tu insulter ? A partir d'aujourd'hui je t'interdis de dire qu'on est des frères, je ne te connais plus !

— Ça va, ça va, calme-toi. J'offre deux caisses de bière et un grand matelas tout propre pour les jeunes mariés .

Zeng écoutait comme dans un rêve. Il souriait, sautillait et blaguait avec tout le monde, ne tenait plus en place.

〜〜〜

Un soir qu'il faisait froid, nous l'avions trouvé sur le pas de sa porte, assis, le regard perdu du côté de ses pieds, l'allure trop nostalgique d'un vieux qui n'en finit pas de supporter la vie, l'ennui, le chagrin, les afflictions. Nous nous étions assis auprès de lui pour lui donner un peu de chaleur. Peu à peu nous l'avions vu se ranimer tandis qu'il nous racontait la longue histoire d'un vaillant chevalier et d'une belle princesse.

Il était une fois un jeune et beau chevalier. Son courage à la guerre et sa nonchalance dans les salons lui valaient de se couvrir et de gloire et d'amour. Les batailles, les honneurs, les demoiselles... sa vie semblait heureusement remplie. Mais il était bien loin de ses terres, et il lui arrivait de ressentir une étrange sensation. C'était comme un appel, revoir son peuple et sa famille, serrer entre ses bras ses vieux encore vivants, reconnaître dans la nuit chaque arbre et chaque parfum. Il décida de partir.

A l'annonce de son départ, les demoiselles pleurèrent et se lamentèrent sans fin. Il y eut des scènes déchirantes, des lambeaux de son bel uniforme furent arrachés et conservés par d'exquises créatures aux talents de bigotes, qui en firent des reliques. Mais d'autres, bien plus déterminées, refusèrent leur sort d'abandonnées et réussirent à s'embarquer à bord de ce même navire qui devait l'emporter.

Elles étaient quatre, les femelles intrépides : une Niçoise, une algérienne, une bonne sœur, et elle, la bien-aimée. Elles partaient à la conquête de leur destin commun, le chevalier.

Toutes arrivèrent à bon port, mais la paix tant recherchée ne pouvait être au rendez-vous, car la jalousie et la concurrence s'emparèrent tout de suite des concubines, et ce fut une interminable série d'histoires et de disputes.

Les instances de la famille se réunirent et recherchèrent des solutions. En premier lieu, le mariage était autorisé pour quatre épouses, mais ces dames, unanimement outrées, continuèrent à s'agiter.

Notre vaillant chevalier vivait une constante anxiété, il courait de l'une à l'autre, s'épuisait en mille tentatives de conciliation, mais c'était une impasse férocement obstruée, car toutes exigeaient la même chose sans accepter le partage.

La guerre, quelle rigolade ! Même la plus féroce des batailles n'avait pu le vider à tel point de toute force et de toute énergie. Elle ressemblait à un jeu de bambins dans une arrière-cour au regard de la rage constante des demoiselles. La leçon était dure, car retourné chez lui, il retrouvait à la vie.

Mais un jour, son ami, qui n'avait jamais voyagé, le saisit par la main à l'heure où le soleil commençait à descendre. Ils marchèrent longtemps et entrèrent dans une forêt bien étrange, car chaque arbre y ressemblait à l'immense silhouette d'un ancêtre inoubliable.

Un vieillard inconnu semblait les attendre, debout près de sa case. Et lorsqu'ils approchèrent, il les appela par leurs noms, puis les invita à entrer. Il écouta longuement les paroles du chevalier, ensuite tous trois respirèrent ensemble le silence. Lorsque enfin le vieillard le rompit, il sut en quelques paroles prononcer son conseil : « Il faut laisser le temps au temps, et s'il faut t'éloigner, eh bien éloigne-toi ! »

C'est ainsi que le chevalier put se décider, car il ne pouvait plus faire supporter aux siens le poids de ses propres hésitations et incongruités. Il installa confortablement les quatre femmes, veilla à ce qu'elles ne manquent de rien, prépara son bagage, et puis s'en repartit pour un autre voyage, mais il promit de bientôt revenir.

Il alla visiter de chers parents dans une contrée lointaine. Là-bas il reçut de l'affection, de l'amitié aussi, et il connut d'autres aventures, car il ne pouvait les éviter : tout son être réveillait l'instinct d'amour, et c'était son devoir que de le satisfaire.

Et quand venait le soir, il avait coutume de s'asseoir sous un manguier et de conter à tous ses entreprises du passé. Il n'omettait aucun détail et avec une grande patience il répondait à chaque question. Il expliquait minutieusement, car il s'agissait de terres tellement lointaines et de mondes si différents. Il apprit à les décrire en créant des images fidèles et adéquates. Il sut trouver les mots pour les transmettre, et ne s'en lassa pas, car il reconnut sur les visages de ces gens – adultes et enfants – qui savaient si bien l'écouter, cette paix, ardemment recherchée.

Mais il sentit que son temps s'était écoulé et comprit qu'il lui fallait se lever et partir pour affronter sa destinée.

Le temps… le temps avait déjà répondu à bien des questions. Il trouva l'Algérienne mariée et mère d'un garçon. Pour leur part, la

Niçoise et la bonne sœur étaient retournées dans leurs foyers. Elle seule était restée pour l'attendre, elle l'élue, la bien-aimée, elle à qui si souvent il avait pensé, elle désormais sa princesse.

~~~

Mais tous nous connaissons l'histoire de la princesse et de son preux chevalier. Au départ, tout est très simple, l'amour, le désir d'être ensemble. Puis des ennemis surgissent et enlèvent la princesse, l'enferment dans un donjon et s'interposent entre le château et le chevalier, tout en lui créant de graves complications, par des magies malignes pleines de sorcières et de dragons. Ils créent des distances qui, au lieu de se raccourcir, s'allongent indéfiniment.

Le chevalier chevauche sans cesse son destrier, s'épuise, se laisse envahir par le trouble. Ne plus savoir comment l'atteindre… c'est un très grand mystère qui a toujours existé en Afrique et ailleurs.

Ensemble ils repartirent dans un nouveau voyage, sans toutefois traverser les océans. Ils connurent les vallées et les collines d'Afrique, les contrées désertiques, les grandes chaleurs, les nuits glaciales… mais sans jamais se voir, ni jamais se toucher, vivant ensemble les mêmes instants, dans une présence constante, mais toujours séparés par les esprits malins et mystérieux qui semblaient désormais s'être imposés.

Notre chevalier sembla recouvrer son éclat d'antan. Il devint l'aide de camp, l'ami, le confident d'un colonel célèbre du règne de Chica'O.

Ensemble ils paradaient sur les grandes avenues et dans les salons d'honneur. On les voyait partout, lors des cérémonies grandioses, des réceptions très solennelles, des galas de bienfaisance, des visites galantes… l'un fort jeune, l'autre encore beau, ensemble, la coqueluche de bien des occasions. Pourtant, défiant ses propres apparences, le chevalier refusait les tentations et son regard errait, recherchant sa princesse. Et ce fut dans une salle du très grand hôpital qu'un jour enfin il faillit vaciller. C'était elle !

Sans l'ombre d'une hésitation il l'avait reconnue, assise à une petite table et penchée sur les pages d'un registre dans lequel elle inscrivait consciencieusement. Elle pareille mais différente, un visage sérieux, attentive à sa mission, peut-être moins féminine, sur la tête elle portait un étrange chapeau blanc. Était-ce ? Non, cela ne pouvait être. Et pourtant oui, l'habillement tout entier le démontrait : une tenue de bonne sœur. Il dut affronter l'évidence, car la princesse, désespérant sans doute de ne jamais le revoir, et ne pouvant à aucun prix se lier à un autre homme, avait épousé Dieu, dédiant désormais toutes ses énergies au secours quotidien de la souffrance humaine.

~~~~~

Désormais ils s'étaient retrouvés, et tout devait changer, tout allait commencer. Il fit un pas, presque un bond en avant, mais sentit sur son bras la poigne ferme du colonel. Celui ci le sermonna, lui indiquant qu'il n'était pas question de bousculer par trop les événements, ni de se laisser envahir de fortes impulsions. Il fallait avant conserver tout son sang froid, puis étudier posément la question, pour enfin aboutir en toute conscience et certitude aux solutions les plus appropriées.

Ils revinrent le soir même, à l'heure du dîner. Dans une petite salle réservée, sept bonnes sœurs se trouvaient assises autour d'une table blanche, et toutes ensemble, le front baissé, elles priaient pour remercier le Seigneur tout-puissant de leur avoir fourni ce très humble repas.

« Et maintenant, chuchota le colonel, regarde de tous tes yeux et sache être certain. » Le regard du chevalier s'enflamma si violemment que bientôt elle releva les yeux, et dans un instant de stupeur émerveillée, tout son être sourit, tendrement, ardemment, presque langoureusement. Il répondit d'un immense soupir, murmuré par chaque battement de son cœur, chaque tremblement de ses pupilles, et chaque mouvement du bout de ses lèvres.

Et cet instant dura comme cent mille vies. Ils s'étaient rencontrés cette fois-ci à jamais, et jamais plus ils n'allaient se séparer.

Mais la prière s'acheva bien trop tôt, et les six autres visages, dans un unique élan, se redressèrent. La mère supérieure exprima aussitôt sa plus profonde stupéfaction au vu de la présence, oh combien inaccoutumée en ces lieux réservés, de deux hommes et, qui plus est, de militaires ! Le colonel présenta courtoisement ses excuses, salua virilement et battit rapidement en retraite, entraînant à sa suite notre chevalier tout à fait dérouté.

« C'est elle », bredouilla-t-il, et il s'étrangla en tentant d'avaler sa propre salive. Mais ce moment-là n'était pas non plus l'opportun, et ce n'est qu'au-delà des grilles que le colonel accepta de l'écouter. En cet instant et en ce lieu, il lui donna sa parole d'honneur et de soldat de n'épargner aucune peine, pour ébaucher le plus rapidement possible, en fonction de la complexité du cas et des multiples éléments en présence, l'amorce d'un dénouement global et positif à cette délicate situation.

〜〜〜

Mais tout passe, et parfois le vent sait comment effacer des petites taches qui se nichent dans les replis internes des uniformes les plus éblouissants, comme s'il ne s'agissait que d'infimes grains de sable destinés à combler les si profondes failles des vastes océans de la conscience humaine. Et le vent, ce n'est un secret pour personne, souffle en abondance dans ce règne comme dans bien d'autres...

C'est ainsi que notre bien malheureux chevalier devint un vieux pêcheur, dont les forces déclinèrent au point de sembler infiniment minimes au regard des murailles effrayantes, si dures et si résistantes, édifiées depuis si longtemps par les forces obscures et ennemies. Et jamais plus il n'étreignit sa douce princesse.

~~~~~~

Et s'il vous arrive un jour, en déambulant au cœur du règne de Chica'O, de croiser un petit homme, vieux et courbé en avant, qui s'affaire son panier bleu à la main vers les grilles du grand hôpital... Et si d'aventure vous entendez une voix moqueuse s'exclamer sur son passage « Ça c'est Zeng, le vieux fou. Les quelques poissons qu'il arrive à pêcher il court les distribuer aux gardiens de l'hôpital, à cause d'une femme qui n'a jamais existé »...

Vous pourrez lui répondre en toute sérénité: « Au jour et à l'instant qui verront disparaître de la face de la terre, cette étrange folie que l'on appelle l'amour, s'éteindront nécessairement, et à tout jamais, le soleil et la lune, et les milliards d'étoiles ! »

Les fournaises de la musique

« Sur la grande place de la mairie où, assis à l'ombre des immenses fromagers, voire couchés sur les restes des banquettes coloniales, les gens se tenaient, nuit et jour, massivement réunis pour regarder les gens et commenter. »

Jéricho

Jéricho avait inscrit ses trompettes dans la Bible, Jéricho m'attendait et devait ce jour-là m'accueillir, Jéricho, du ciment et du zinc avec une enseigne et sa musique de nuit, c'est donc là que j'entrai un jour avec ma trompette.

Quelle chaleur ! Imaginez une ville en forme de fond de cuvette exposée en permanence aux violences du soleil et où souffle rarement un vent chaud et sec tard dans la nuit. Une ville faite d'une succession de quartiers qui autrefois étaient des villages. Dans ces quartiers, il restait les grands arbres et leur ombre bénéfique, tout comme sur la grande place de la mairie où, assis à l'ombre des immenses fromagers, voire couchés sur les restes des banquettes coloniales, les gens se tenaient, nuit et jour, massivement réunis pour regarder les gens et commenter.

Au-delà de la place les arbres se faisaient rares: on en trouvait quelques uns, plus récents et petits, tout autour du rectangle du marché central ; après quoi il fallait dépasser des bâtiments à étages des deux cotés, pour atteindre le premier des quartiers-villages sur la droite, et sur la gauche, le bord du fleuve. Le fleuve avait dû être un endroit frais, son lit était tout vert, mais l'eau n'y coulait plus, elle revenait deux fois par an lors des grandes pluies : le fleuve servait alors de gouttière à la cuvette.

La zone des bâtiments à étages était la plus chaude. Les toits en zinc diffusaient la chaleur sur les murs hermétiques qui semblaient conçus à dessein pour l'accumuler, tout comme les planchers eux aussi en ciment, rien de rien ne respirait, et si tu te couchais sur une natte, même au milieu de la nuit il te fallait t'écarter d'un bon mètre du mur pour éviter un excès de sueur.

A la gauche du marché, le cinéma blanc et bleu, au centre des flux du début de la soirée. Fauteuils en fer et toit en zinc en première classe, dalle de ciment et étoiles en « populaire ». On y montrait toutes sortes de films : films indiens, films chinois, du karaté, des chansons et ballets colorés ; de temps en temps une vieille superproduction du genre de « Ben Hur », ou « La chute de l'Empire Romain », ou encore « Moïse ». Tous méconnaissables, car leurs pellicules semblaient d'époque, déchirées puis recollées sans réel respect de l'ordre chronologique, sauts de son, sauts d'images, nouvelles ruptures de pellicule, cris de protestation, insultes, les lumières se rallument, etc.

~~~~~~

Un peu plus loin, à moins de cinquante pas du cinéma, au centre de la nuit, avec son enseigne au néon, sa musique et ses sourires, le Jéricho t'appelait à soi irrésistiblement. La façade avait vieilli, sa peinture jaune pâli; elle était recouverte de taches et de poussière. A gauche, sous l'enseigne au néon, on trouvait l'entrée du bar, le même jaune sale dans le vestibule, et du rouge pas si propre dans la petite salle. Quelques tables vertes, avec des chaises de la même couleur, et un grand comptoir marron en ciment avec, devant, quatre ou cinq tabourets haut perchés. A gauche, on pénétrait dans la grande salle, quatre piliers pour soutenir la toiture de zinc, des murs en ciment, des bancs en ciment, des marches en ciment, un grand podium en ciment, des chaises en fer, des tables en bois, des coussins en mousse synthétique pour adoucir l'impact du ciment. Nous l'appelions « le hangar de la musique », lorsque, plutôt rarement, nous avions envie de plaisanter à son sujet.

Quelques années auparavant, au cours d'un voyage je m'étais arrêté devant ce même bar, et j'avais eu de violentes coulées de sueur à l'idée d'y pénétrer : avec la chaleur qu'il faisait dehors, je n'osais imaginer celle qu'on pouvait subir à l'intérieur.

La salle était toute bleue, d'un bleu pâlot et décoré d'une multitude de taches rouges qui coulaient: c'était tout. Mais le soir s'allumait le jeu de lumières, avec une ampoule blanche sur le podium, un néon rouge au centre des quatre piliers, et un néon phosphorescent sur le fond. Les clients s'asseyaient contre les murs, tout le reste était la piste de danse.

Mais le Jéricho n'était pas qu'un bar doté d'une salle de danse, car dans l'arrière-salle veillait une femme puissante. C'est elle qui l'avait bâti, et qui continuait à le construire, en déplaçant une porte, en recouvrant le sol d'une belle couche de ciment, en inventant un futur restaurant dans cette même arrière-salle, en rêvant de nouveaux développements pour sa grande œuvre personnelle, car le local était à elle et seulement à elle, baptisé du nom du quartier où elle était née dans le golfe de Guinée.

Une femme grosse, à l'allure d'une tantie de l'immense marché de sa ville natale : de prime abord elle paraissait aimable, à condition de ne pas remarquer une légère contraction de son regard due sans doute à une saute passagère d'humeur, mais elle ne passait jamais, bien au contraire elle poursuivait sans cesse le cours épuisant de ses préoccupations, et l'interminable liste de ses ennemis, tous ceux qui, par méchanceté et jalousie, voulaient faire obstacle au juste déroulement de son destin. Lorsqu'enfin elle interrompait ses litanies, c'était pour grommeler avec des yeux rétrécis, puis assumer une voix de petite fille, en réussissant parfois à sortir quelques larmes. Tu restais simple spectateur, à attendre que ça passe. Inutile de tenter d'enfiler un petit mot de soutien pour la réconforter de ses nombreux malheurs, il suffisait de hocher la tête de temps en temps en signe d'approbation.

Une maman oui, mais pas pour longtemps. Elle t'adoptait comme dans une grande fête, et te proposait de résoudre tous tes problèmes, car désormais tu étais devenu son fils. Voulais-tu boire ? Volontiers. Voilà une bière glacée. Avais-tu faim ? Beaucoup même. Voici ton bol individuel de riz quotidien, avec une sauce délicieuse. Et si, par hasard, tu tombais sur une journée généreuse… voilà pour toi quelques pièces, qui ne sont pas nombreuses, mais qui peuvent toujours servir.

Et peu après t'avoir adopté, débutait l'époque ombragée des premières suspicions à ton égard. Les choses évoluaient avec moins de grâce, dans ce paradis pourtant récent : on te supprimait ton bol individuel, tu déjeunais avec les enfants et les filles chargées du nettoyage, rien de grave, le riz avait tout de même bon goût.

Puis venaient les retards et les attentes, l'heure du repas s'éloignait toujours plus, les portes de l'arrière-salle se refermaient rapidement, tu te sentais de moins en mois apprécié, jusqu'à courtoisement te retirer, « C'est bien normal, je n'en ai jamais tant demandé ».

Mais voilà que chacun de tes gestes dans le local devenait très suspect, et si tu t'aventurais à émettre quelques notes, bien vite un gosse arrivait et avec des grimaces il te faisait comprendre que ce n'était pas apprécié. Ainsi tu te trouvais bien vite à avoir allongé les listes interminables de ses ennemis.

Pourtant tu continuais à saluer poliment chaque matin en passant devant la petite porte, là où elle montait la garde et distribuait ses lamentations. « Bonjour maman ». Et elle te répondait avec son petit rictus nerveux « Hi hi hi, bonjour mon fils ». Jusqu'au jour où la vox populi très fournie en ces lieux finissait par t'apprendre les nombreux chefs d'accusation qui pesaient sur toi. Désormais, tout en restant poli, tu te limitais à un tiède « Bonjour Madame » avant de poursuivre ton chemin.

～～～

A gauche s'ouvrait la campagne avec la route qui menait aux villages voisins, les rizières, les premiers arbres, les dernières cabanes où se vend en cachette le vin de palme. En face se dressait une colline appréciable, érigée par la sueur des cultivateurs d'arachides. Elle ne semblait jamais se modifier, pourtant toute la journée des gens et des camions s'affairaient tout autour d'elle. Éclairée de jour et de nuit, immuable, jusqu'au jour où à l'arrivée des premières pluies, qui devaient en voir naître une autre à ses cotés, elle fut recouverte à toute allure de grande bâches multicolores, qui la faisaient paraître comme un immense patchwork, voire un très gros Baye Fall.

Tout près, quelques grands manguiers offraient leurs fruits et surtout une belle ombre. Vers la porte du Jéricho, un menuisier ex marin, avec de grandes moustaches, il parlait toutes les langues et faisait semblant de se fâcher lorsque de temps en temps il buvait un peu trop. À ses cotés, quelques soudeurs. Ils étaient là en permanence du matin à la nuit, et c'est avec eux que je partageais un peu d'ombre et un peu de vin. Plus loin, tu trouvais la cabane d'Idrissa, le plus proche des vendeurs de vin de palme : il était l'avant, l'après et le pendant de nos soirées...

~~~~~~

Avec quatre pas à gauche et une vingtaine en avant, tu atteignais l'entrée de la « Maison des Jeunes », autre hangar de ciment et de zinc, avec des dimensions supérieures, à mi-chemin entre celles du Jéricho et celles de la colline d'arachides. Si tu entrais au secrétariat, tu trouvais l'animateur culturel responsable qui, couché sur le banc, souffrait en silence de la chaleur. À la table qui faisait office de bureau, habillées et maquillées avec coquetterie, Fatou et Mariama se partageaient la vieille et grinçante machine à écrire sur laquelle elles s'entraînaient à la pratique de leur future condition de secrétaire.

La Maison des Jeunes a été mon territoire durant quelques temps. J'y entrais tôt le matin, en tentant de précéder la fureur du soleil. La salle était très grande, on y respirait de la poussière et des odeurs de caca, certaines externes et d'autres internes, dont la source était généralement située derrière le grand podium. Comme la plupart des Maisons des Jeunes, elle était tragiquement vide. Par conséquent, j'en étais devenu tout au long de mes journées le fantôme très bruyant. Vers midi, je subissais l'assaut des sales gosses qui rentraient de l'école. A cette heure-là, ma situation frisait le pathétique : avec ma serviette trempée de sueur, la poussière collée à mes pores, seul et dans une semi-obscurité, je tentais, avec mes dernières énergies, de construire quelques phrases musicales. Les gosses me regardaient comme une bête facilement irritable et ils n'avaient pas tous les torts, il suffisait qu'ils me lancent quelques provocations pour m'asséner le coup de grâce et faire éclater toute l'ire de cette frustration. J'avais beau me réfugier à mon tour derrière le grand podium, entre les crottes et les lézards, je finissais par jouer pour eux ce rôle inévitable : le Blanc fou dans la cage.

Heureusement, elles étaient là, les secrétaires stagiaires. Elles étaient un peu plus que des sœurs, et elles savaient me consoler : à tour de rôle, elles me gratifiaient d'une petite visite, mais ça se terminait toujours à trois, car elles se suspectaient réciproquement, elles s'épiaient, elles se marquaient.

Mariama avait sur son visage l'expression de celle qui en a déjà vu de toutes les couleurs. Elle n'était pas très grande, mais plutôt robuste. Elle savait s'illuminer par le regard et s'exprimer de son corps. Son mariage avait échoué et elle était restée à la maison avec deux enfants, elle essayait de s'en sortir en apprenant à faire la secrétaire. Mais son art n'était pas celui-là, elle « faisait du théâtre », et elle soulignait cette phrase avec une mimique de tout son corps, puis elle montait sur le podium et déclamait pour me le démontrer. Non, elle ne s'était pas laissée entraîner dans le vice comme la plupart des filles de cette ville, elle avait un seul amant, beau, propre et ponctuel, disait-elle, mais un certain petit tic au coin de sa bouche semblait me raconter une histoire différente.

Quant à Fatou, elle était bien diverse, grande et déjà grosse avec une petite voix, de grands yeux un peu éberlués, elle prenait tout au sérieux, car la vie n'était certainement pas une plaisanterie, et les gens méchants étaient si nombreux. Elle se déchaînait contre les gosses « Laissez le tranquille, laissez le travailler !» Mais elle avait aussi quelques bizarreries, l'une d'entre elles était de vouloir à tout prix m'appeler Nicolas : « Nicolas, pourquoi ne viens tu pas me rendre visite chez moi ? Je suis toujours seule là-bas avec mon vieux papa. Il est très jaloux, mais si tu viens, il ne te fera pas de mal. » Mais qui était ce fameux Nicolas ? Elle me l'avait confessé un jour pour calmer une scène de jalousie que j'avais simulée.

Nicolas avait été le partenaire de sa grande aventure, il l'avait emmenée dans de longues ballades en fin de semaine. En voiture ils avaient visité ensemble toute la région, mangé dans des restaurants, dormi dans des hôtels, et fait l'amour passionnément. Puis il était reparti dans son pays en lui laissant ce beau souvenir.

Nicolas, un Blanc, moi j'étais Nicolas en sa mémoire.

À vrai dire, nous n'avons jamais fait l'amour passionnément, mais de longues embrassades oui, dans la bibliothèque sans livres contiguë au couloir de l'entrée. Et c'est justement là qu'un jour je découvris une autre de ses bizarreries. « Si tu viens demain matin tôt, quand il n'y aura personne, nous pourrons le faire dans la salle de lecture, nous allons nous y enfermer à clé. » Elle disait cela en pointant son doigt avec véhémence vers une porte où il était écrit « Salle de lecture ». Un petit doute m'assaillit et je longeais la paroi de la porte pour me retrouver dans le grand couloir d'entrée et de l'autre coté de la même porte, alors je tapais, « kong kong kong », « Où es-tu Nicolas ?

– Dans la salle de lecture.

– Comment as-tu fait pour y entrer puisque c'est moi qui ai la clé ?

– Je suis passé par la fenêtre, attends, je vais te rejoindre !

Puis je la pris par la main et je l'entraînais dans la salle de lecture ou, si vous préférez, dans le couloir d'entrée. « Tiens, dit-elle irritée, je ne m'en étais jamais rendu compte ! »

~~~~

Le dernier bâtiment au côté de la Maison des Jeunes et avant le fleuve était l'hôtel. C'était l'établissement le plus luxueux de la ville, car fréquenté par les rares touristes chasseurs venus éprouver au fin fond de l'Afrique l'ivresse d'un facile génocide de phacochères qui pullulaient dans la région. Ils y dormaient une brève nuit, car vaillamment ils se levaient à l'aube, et « poum poum poum ! » ils massacraient, après quoi vers seize heures, ils rentraient avec leurs nombreuses victimes dûment photographiées puis dénudées de leurs dents et queues; bien avant la nuit, ils repartaient avec ces souvenirs vers des contrées plus confortables.

Un dur conflit couvait entre le patron de l'hôtel et la tantie du Jéricho. Son origine était dans l'incompatibilité entre le calme requis pour les brèves nuits des vaillants chasseurs, et le grand bruit de nos soirées musicales qui s'achevaient vers l'aube. Protestations, médisances, plaintes, « rien que de la jalousie », déclarait la tantie. Visites des marabouts protecteurs respectifs, procédures administratives, audiences chez les ministres, c'était un puits sans fond.

En entrant dans l'hôtel, tu trouvais une salle de restaurant agréable, avec des tables et des chaises, mais également des fauteuils et canapés, le tout très confortable et accueillant. Sur la paroi au fond de la salle, une fresque montrait un guerrier à cheval qui combattait auprès d'un grand arbre à la sortie d'un village.

Son visage était caractéristique, tout rasé avec des traits virils et des oreilles décollées. Petit à petit je trouvais des similitudes avec des visages de cette ville, qui par la bouche étroite, qui par la forme du crâne, qui par les oreilles, beaucoup lui ressemblaient. Ce guerrier était un roi, le roi de cette région, et tout dans cette ville portait en souvenir son nom : la caserne, le grand fromager, et surtout notre orchestre: le « Tout-puissant Moussa Molo ».

Son histoire n'était pas très convaincante : roi à cheval qui combat les autres rois des autres peuples ou, qui sait, les autres puissants de son propre peuple ? À la fin on t'explique qu'à vrai dire les gens qui l'ont mis en selle étaient ceux-là mêmes qu'il aurait dû combattre avec la plus féroce énergie, à savoir les envahisseurs, les armées coloniales... lesquelles finalement l'ont débarqué en le contraignant à l'exil, car il ne faut jamais se fier aux traîtres. Le fait est qu'il a tout de même été roi, et qu'il a eu une nombreuse descendance, d'où sans doute toutes ces ressemblances, lesquelles se vantent de l'appartenance à la famille royale. Il a laissé son nom à l'histoire, donc au passé que l'on préfère glorieux.

～～～

La ville était semblable à son roi, le ruffian, un croisement de courtisanerie et de prostitution. Une étape de parcours multidirectionnels, un lieu de défoulement pour qui était de passage, les camionneurs, les commerçants, les éleveurs nomades venus vendre leurs troupeaux et se reposer avec leurs bénéfices. Un lieu d'exil mais non de pénitence pour les nombreux fonctionnaires qui vivaient en supportant difficilement la grande chaleur dix mois par an. Ils consommaient beaucoup de chairs à bon marché, la viande des troupeaux à chaque repas, et la chair fraîche et parfumée dans leurs fréquents loisirs. Tout étranger était rapidement catalogué par les uns et assailli par les autres, et il en repartait étrangement avec la même formule qu'on lui avait colportée : « Qu'est-ce qu'on fait dans cette ville-là ? On bouffe la viande et on fait la femme ! »

Le mouvement du matin était très lent et semblait ralentir toujours plus le long de la journée, en raison de la chaleur : et qui pouvait bouger ? Mais après le crépuscule, l'énergie renaissait et à l'heure du cinéma tout s'accélérait.

Les gens descendaient de tous les quartiers et villages, en traversant les lumières de la grande place, puis des boutiques qui longent le marché, ils se concentraient pour se rencontrer et se saluer, se mettre d'accord pour enfin s'éloigner. Les couples se formaient pour un soir, par la suite les mêmes personnes ne se seraient même plus saluées. Elles arrivaient, elles les « belles » de toutes catégories, les riches et les pauvres, qui venaient s'amuser ou gagner un morceau de tissu pour se parer lors d'une fête quelconque : à la suite de quoi elles seraient redevenues « normales », c'était leur présence qui les étiquetait, et les rendait disponibles pour la « traite » de ce soir-là. Quant aux professionnelles, elles se distinguaient par leur allure plus « posée », elles ne se précipitaient pas comme ces jeunes filles communes, allaient tout doucement, pour une soirée puis une longue nuit : le cinéma marquait l'heure de la soirée, qui s'enchaînait ensuite avec le Jéricho, puis la fin de nuitée. Et sur le podium, nous les musiciens du tout-puissant, les griots du roi traître, nous les faisions danser, et transpirer et se frotter, et enfin disparaître dans un coin sombre d'un hôtel ou d'un jardin.

~~~

Et nous étions nombreux, plus qu'un orchestre, nous paraissions une troupe. Comment fait-on pour présenter un orchestre ? D'habitude on joue un morceau plutôt lent et répétitif, sur un même rythme. Une personnalité monte sur le podium et se met à parler sur fond musical en sourdine. Tout d'abord il fait les éloges de soi-même qui a cru depuis toujours, aidé et soutenu inlassablement l'orchestre. Il apparaît que c'est essentiellement par son mérite que l'orchestre a obtenu tant de succès, parmi lesquels...

s'ensuit la liste des médailles et trophées. Il reste très longtemps sur le podium, de temps en temps il fait des signes, augmenter ou diminuer le volume de la musique, pendant que les gens continuent à danser, lorsque enfin il n'a plus d'eau à son moulin, il se décide à nous appeler un par un.

À la batterie, Roger, roulement rapide de Roger, le gentil, le courtois, le très nerveux.

Aux percussions, Ngala, petit et vieux, avec rides et moustaches. Ngala essaye de s'agiter, Ngala « face de rat », ainsi surnommé à tort ou, je crois bien, à raison.

À la seconde guitare rythmique, Seika, et Seika danse avec son instrument, haut et fin, il joue de la guitare et aime la comédie. Il fait des petits pas de danse, s'amuse, et nous amuse toujours.

À la première guitare rythmique, Bouba, Bouba renfermé sur lui-même reste assis comme vissé à sa chaise; il augmente doucement l'ampleur et la vitesse de ses accords, le seul « local » de l'orchestre, car tous les autres sont étrangers à cette ville. Bouba qui est droit et sincère.

À la basse, Baloula, et Baloula détache chaque note, agite de bas en haut le manche de la basse. Il est le plus grand et plutôt costaud, aime singer en duo avec Seika les stars américaines ou jamaïquaines, 3 pas en avant et 2 de côté…

Guitare solo, Mohammed, et Mohammed démarre un déluge de notes un pied sur la pédale, un saut sur le OuaOua, sans faire un seul geste inutile, sans regarder personne, il reste seul, comme toujours, en tête-à-tête amoureux avec sa guitare. Il est l'orchestre, car c'est lui qui fait la moitié de la musique, lui petit et laid, lui le grand musicien.

Vocal, Jagger, Jagger le monstre, avec deux yeux rouges qui voyagent dans deux directions opposées. Le plus vieux du groupe et pourtant il chante en dansant à toute vitesse, et en croisant les jambes; il semble décoller à tout moment.

Autre vocal, Hassan, Hassan grand et mignon, avec des yeux une et bouche de séducteur, il essaye de suivre Jagger dans les sauts croisés, mais n'y arrive pas vraiment, son style est plus lent, il évolue avec une certaine grâce par des pas des deux côtés.

Au chant aigu, Lamine. Lamine semble une publicité « live » pour l'année des handicapés, une main sur la cuisse de la jambe gauche deux fois plus longue que la droite, toujours élégant et grand séducteur, il pousse des suraigus inouïs dans le style de la capitale.

Au chant encore, Zito. Avec ses lunettes d'intellectuel, il chante en reprenant de longues mélodies puisées dans la tradition. Il sait inventer de nouveaux textes pour ne pas toujours copier ceux des autres, orgueilleux et fantasque, il évolue comme un chat, en se lançant toujours au dernier moment à l'assaut du micro. Il aime descendre du podium et se mêler aux danseurs, tout en écoutant mieux sa propre voix.

Last but not least, au chant, Malal, le chouchou de toute une ville, le griot si habile chaque soir dans son marché, dans ses chansons; il réussit à placer les louanges de presque tout le public, un par un et une par une, pourvu qu'on lui glisse un billet ou plusieurs pièces. Et il les flatte tous, et tous sont très contents à leurs dépens.

Au saxo Ismaël, Ismaël le fou, qui ne connaît rien de son instrument, mais est né dans la musique, alors il fait semblant, il se débrouille avec la gestuelle, il n'a peur de rien ni de personne, surtout pas des fausses notes qu'il sait enterrer sous une avalanche d'autres. Il a tant d'énergie qu'il réussit à frapper les gens.

À la trompette Abdou. Abdou le beau, le gentleman, barbu avec les cheveux rasta, élégant dans ses gestes mesurés et dans sa modestie, toujours distant du microphone, au contraire d'Ismaël qui l'engloutit dans son instrument. Il joue bien Abdou, car il a étudié la musique, donc il ne fait pas semblant.

Et enfin, l'autre trompette, Gourgui, le Blanc, moi, et mes notes stridentes.

Et oui, cet orchestre avait connu la gloire ! Il était monté au sommet du succès et de la musique, avec des inventions originales, des rythmes jamais pratiqués, des recherches cohérentes et fructueuses, le tout avait été très prometteur. À l'époque, ses musiciens gagnaient bien, ils étaient aimés et reclamés par tous, ceux qui les recrutaient leur donnaient nourriture et logements princiers, les filles se battaient pour des regards chargés de promesses du haut du podium, ici, là-bas et partout, même à l'étranger, mais… C'était désormais une gloire du passé, psalmodiée par ceux qui n'osaient pas regarder le présent en face, ils se la racontaient à eux même car le public, les gens semblaient l'avoir déjà oubliée, et depuis fort longtemps. Le « tout-puissant » était devenu tout petit orchestre de province, qui n'arrivait plus à décoller de sa base, dans une petite ville elle-même saturée de son style, de sa musique, et il se traînait difficilement pour survivre.

〜

Les soirées commençaient chez Idrissa. Là on pouvait retrouver un Mohammed toujours ponctuel à un stade plus ou moins avancé d'ébriété selon les fortunes de la période. Il lui fallait une dose intermédiaire : ni trop peu, car il restait alors comme un moineau tout mouillé et trop triste pour décoller, ni trop, sinon il partait de travers. Et si Mohammed partait de travers, Amen, la soirée entière devenait un supplice : pauses interminables pour tenter de s'accorder, énervements, regards perdus dans toutes les directions, fautes attribuées à autrui, ou alors à la sono… enfin ça n'allait pas du tout, et ça devenait dangereux, car le public se mettait à protester: il savait comprendre désormais.

Nous pénétrions tout doucement dans la salle, pour nous habituer progressivement à la fournaise. Mohammed prenait possession du podium et se mettait à trafiquer dans la sono qui souvent n'acceptait pas de répondre aux premières sollicitations, mais peu à peu finissait par se soumettre. « Donne-moi le do » c'était l'ordre que j'attendais, car de lui dépendait l'allure de la soirée. Je lui donnais donc volontiers le do, à toutes les intensités et volumes demandés et même pas demandés, j'en rajoutais, afin qu'au bout de mon do, nous soyons tous d'accord, entre vents, guitares et basse, tout le monde écoutait sauf les retardataires, tous jusqu'au signal de Baloula qui, par son oreille fine, décidait le O.K: nous y étions ensemble et accordés.

Restait à régler les micros, et ça c'était une vraie gymnastique et l'origine de bien des conflits. Car les chanteurs aimaient beaucoup les pousser au maximum, pour pouvoir écouter leurs propres voix : quel délice, mais l'effet était catastrophique, parce que dans cette salle de ciment et de zinc, le moindre soupir, ou murmure, était amplifié, donc un micro saturé assassinait tout autre son. Tous les instruments étaient couverts, et ils tentaient de riposter en augmentant tour à tour leur volume, jusqu'à ce que la salle, encore vide, ne paraisse exploser, un crescendo dans le vide, des saturations égocentriques, des surenchères, il fallait à tout prix négocier un accord, rechercher un arbitre improbable, qui pouvait les convaincre. « Les » parce que nous les ventistes, nous n'étions pas concernés, nous avions d'office le micro le plus faible, nous devions donc nous en contenter et compter sur notre puissance et nos propres poumons.

L'heure avançait et nous trouvait prêts pour enfin commencer. On devait nous entendre depuis le cinéma, malgré les protestations de son propriétaire. Son public devait savoir que nous existions, comme toujours, pour toujours. Nous commencions par deux boléros, un pour moi, et un pour Ismaël, de ceux qui servent à calmer une ambiance, ou au contraire à commencer à la démarrer en douceur.

Les premières des moins infidèles de nos amies étaient arrivées et s'étaient assises sur le banc au fond de la salle. Elles ne dansaient pas, ni ne démontraient le moindre enthousiasme vis à-vis de nous, mais enfin elles étaient là, et cela suffisait à rendre heureux ceux qui parmi nous étaient liés à elles. Penser que tout allait bien, ne pas se sentir trop seuls, ou soupçonner quelques aventures derrière notre dos, pendant que nous restions presque vissés au ciment de notre podium. Le temps passait et nous continuions à jouer dans le vide. Nous profitions de cette première partie de la soirée pour essayer nos nouveaux morceaux, pas encore suffisamment rodés pour pouvoir être insérés dans les moments les plus chauds de nos soirées. Lorsque ces essais étaient concluants, nous essayions de rejouer les mêmes morceaux un peu plus tard.

Une soirée durait très longtemps, et c'était toujours une inconnue. Nous jouions durant près de deux heures pour le cercle intime de nos moins infidèles et de nos quelques fans, qui nous écoutaient dans la salle ou devant la salle. Puis les vendeurs de cigarettes, de bonbons et de bougies pour le retour tardif se déplaçaient devant le Jéricho, premier signal d'une affluence probable. Eux aussi venaient grossir notre public. Ils étaient d'ailleurs le public de confiance: si tu descendais du podium et allais respirer une bouffée d'air, tu pouvais leur demander « comment vont le son et la musique ? » Et ils te donnaient tous les détails « ça peut aller, mais il y a ceci, cela, et cela encore ».

Et nous continuions à jouer, jusqu'à les voir arriver enfin, après l'heure du cinéma et de la promenade. Les habituels, les inhabituels, leurs femmes, les nôtres – où étais-tu ? – tous bien connus, nom, prénom, profession : les fonctionnaires, les soûlards, les nostalgiques de leur patrie lointaine, les apprentis mécaniciens qui économisaient sous après sous durant toute une semaine pour pouvoir s'offrir la soirée, les politiciens protecteurs qui eux ne payaient jamais, ceux qui avaient émis de fortes critiques la fois précédente, mais nous laissaient une dernière chance, c'était toujours mieux que de rester chez eux.

La caisse à l'entrée était le lieu de conflits permanents, c'était tout un problème que d'obtenir un paiement régulier, des discussions à n'en pas finir avec Ablae, ex-batteur et désormais caissier, ou avec Sékou, second du caissier, à la fois très doux et très intransigeant en cas de problème. Et tout cela faisait partie du spectacle, pour ceux qui restaient dehors, tout cela et bien d'autres choses. Ils avaient la fraîcheur et la musique filtrée, la lumière du néon et des étoiles, la compagnie, car ils causaient et blaguaient ensemble, les gosses de la seconde piste qui dansaient toute la nuit, et le spectacle des entrées et des sorties ou encore des transits. On se demandait qui était avec qui, qui était contre qui, qui allait avoir des surprises à l'intérieur, qui accostait celles qui n'entraient pas, soit pour entrer, soit pour repartir directement, qui venait contrôler l'état des affaires, parmi lesquels Ngalla, face de rat, capable de frapper avec ses mains dures de toumbiste les deux jeunes filles qui attendaient pour son compte.

Et pendant ce temps, nous cuisions dans la vapeur de la soirée qui montait en intensité. Les morceaux variétés précédaient la musique guinéenne au cœur de la soirée. Des chansons comme « Mandju », l'hymne à Sekou Touré, du grand Salif Keita, qui se prolongeait interminablement dans une intensité à chaque fois renouvelée. Zito y racontait l'histoire de tous les grands. Tout le monde dansait ce morceau là dans une sorte de slow cadencé qui aurait pu tenir toute une soirée. Lorsqu'il circulait au milieu des danseurs, Zito recevait parfois des « essuyades » de la part de jeunes filles qui avec leur foulard séchaient son front. Moi j'avais mon solo dans « Mandju », un mélange de l'original et des notes que de mon côté j'enchaînais.

Ismaël n'appréciait pas cet instant où un autre ventiste que lui était au devant de la scène. Alors il tentait des incartades, me soufflait des « ça suffit comme ça, ne fais pas trop long », alors que j'étais en pleine inspiration, ou encore me donnait de faux départs dans les rifs. J'avais du mal avec les attaques, car je ne repérais pas toujours le bon tempo; je me reposais sur lui, amplifiait le mouvement de l'entrée, mais parfois il faisait semblant, me lançait un regard, balançait à l'assaut son saxe, suivi de mon instrument, ensuite il stoppait net pour provoquer un couac de ma trompette. Ça faisait des histoires sur scène, qui amusaient bien les connaisseurs.

Lorsque la soirée tirait à sa fin, un vent de liberté soufflait, Ibrahim, le vieux journaliste sentimental, me demandait son « besame mucho » pianissimo, qui lui donnait l'ardeur d'affronter les bras de Tshané, la belle et luisante jeune femme qui l'accueillait avec bienveillance. Ibrahim m'envoyait souvent une bière pour ce service rendu, une bière – un trésor – après avoir perdu des litres de sueur. Depuis quelque temps, l'arrière-salle nous étant interdite, nous n'avions plus accès à l'eau ni aux autres boissons d'ailleurs car nous étions bien trop pauvres pour nous les offrir.

Mohamed lançait les notes du dernier morceau et déjà les derniers couples se préparaient à partir. Mais voilà que parfois une tension explosait et qu'une rivalité se faisait jour au moment du départ. Les musiciens aussi en étaient l'objet, Hassan, en particulier, qui ne savait pas refuser ni mettre le holà à des situations embarrassantes. Il fallait alors beaucoup de patience pour séparer les amazones, et pas mal de spectacle pour ceux de la deuxième piste qui assistaient au dernier acte de la sortie.

Le vieux taxi 41 attendait son ultime client, ou repartait à vide, les lampes à pétrole des tables à cigarettes-bougies-bonbons s'éteignaient. Déjà un peu plus loin, nous nous séparions au gré des carrefours. Au-delà de la place de la Mairie et des grands arbres, dans lesquels se nichaient d'innombrables chauves-souris, nous n'étions plus que trois, Abdou, Roger et moi, à progresser vers l'aube, et le sommeil.

Le président

La ronde des ministres, hier, les Eaux et Forêts ouvraient la marche, ce matin, tout d'abord l'Education et, par la suite, la Recherche scientifique. En fin de journée est attendue l'Agriculture, et demain, le grand jour de l'homme grand, le président.

Depuis quelques jours, la ville vit en état d'alerte : des renforts armés, policiers, gendarmes et militaires, arrivent de partout. Les requins et autres caïmans, petits et grands, se déplacent dans tous les sens, et parlent énergiquement. Des tas de voitures, très belles et inconnues, n'arrêtent pas de circuler. Les noires, tout à fait officielles, les blanches, les colorées, semi-publiques, presque privées... et c'est en l'honneur de ces belles qu'a surgi une nouvelle forêt faite de poteaux indicateurs tout neufs et jamais aperçus auparavant : sens interdits, interdictions de stationner, des flèches par-ci, des stops par-là, le développement pointe à l'horizon. Les conférences, les réunions, la presse, le mouvement se fait frénétique. Les femmes jeunes, les jeunes filles et les prostituées se font tresser et aiguisent leurs encens, car tout le monde doit être prêt pour le jour historique de demain.

Quant à nous, le matin de la veille, nous avions rendez-vous très tôt devant le Jéricho – notre quartier général – pour charger la sono et les instruments. Il fallait les apporter à la nouvelle école, dont l'honneur viendra demain, de la personne du président, non pas la première pierre, mais l'inauguration. Un peu plus tard, debout sur la camionnette, les bras retenant notre précieux matériel, nous franchissons les grilles de l'établissement, puis nous nous immobilisons, prêts à décharger.

« Monsieur le ministre, sportif et imposant, descend l'échelle en un éclair et se précipite au pas de charge sur le rang interminable. »

Décharger, mais où même ? Partout des gens très affairés : qui à l'aide d'un rouleau donne les dernières touches de peinture rose orange des bâtiments, qui arrose le gazon de circonstance, qui tente d'assembler une tribune, qui ramasse les déchets, qui marche de long en large en lançant des directives, et en affichant l'allure de personne essentielle qui contrôle efficacement l'entière situation. Mais parmi tous ces « qui », aucun n'est en mesure de répondre à notre « où ? »

Assis dans le parking, car vite abandonnés par un chauffeur pressé de partir à la recherche d'une paire de taureaux destinés à une prochaine consommation par le peuple des « ayants droit », et installés sur nos hauts parleurs, nous assistons au ballet incessant sans entrevoir d'issue. Tout à coup une lueur d'espoir : l'arrivée du plus grand des responsables, le nouveau directeur de la nouvelle école. Bien vite la déception : il lève la tête, perçoit notre présence, et sur un ton un rien irrité, lance à notre attention « qui vous a convoqués ? Moi je ne suis au courant de rien ! »

Il ne nous reste plus qu'à entamer une longue promenade et à parcourir en détail ce chef-d'œuvre moderne, les parois roses, les gazons verts, un grand mur gris pour entourer le tout, certainement destiné à protéger les étudiants des dangers inconnus de la brousse environnante. Un trou formé de marches en carrés concentriques paraît avoir été creusé pour abriter les débats. Près du trou, une pancarte « Agora », en souvenir des anciens Grecs, cuvette dans la cuvette. Nous recherchons en vain l'ombre hospitalière d'un « arbre à palabres » si cher aux ancêtres et si nécessaire par cette chaleur, mais rien n'émerge au-delà du gazon.

Il nous faut donc franchir de nouveau le grillage d'entrée, puis traverser la route pour rencontrer l'ombre de notre premier manguier. Les griots – nos collègues des places et des rues – nous y ont précédés. À grands coups de tam-tam, de danses et de sifflets, ils font souffler un vent de fête. Assis à l'ombre, nous écoutons leur musique, alors que nos équipements sophistiqués se réchauffent progressivement au centre du parking. « Il n'y a pas le feu – dit notre bassiste en rigolant – nous verrons lorsque les voitures du cortège officiel entreront, alors ces messieurs devront bien se pencher sur notre destin ! »

La promenade se développe en direction de l'aéroport tout proche. Chemin faisant, nous croisons Ibrahima, le journaliste, fidèle à nos soirées et aux bons slows latins, toujours le dernier à partir, et toujours ponctuel, quelques heures plus tard, à son poste, devant le micro. Il fait partie de ce grand jour.

L'aéroport consiste en une sorte de cabane au bord d'une longue piste en latérite. Près de la cabane, deux gros extincteurs assurent la sécurité. Parfois un avion militaire s'y pose. Mais aujourd'hui c'est l'un des « lieux clés » de l'événement : des centaines de gosses munis d'indispensables petits drapeaux, des dizaines de voitures entremêlées, beaucoup de gendarmes et, plus près de la piste, la fine fleur de cette cité. Les officiels avec ou sans salaire : préfets, sous-préfets, maires, adjoints aux maires, monsieur le député, les innombrables inspecteurs, les politiciens éternels, les jeunes loups, les tendances, les grimaces, les belles dames, les uniformes, les seconds rôles, les p... de grande classe. Tout ce monde converse, prêt à se mettre au garde-à-vous en cette répétition générale de la journée historique de demain.

L'un des chanteurs, grand amateur de romans policiers et d'espionnage, rêve à haute voix. « Imaginez qu'un commando arrive à bord d'un hélicoptère... » « Mais qu'est-ce que tu nous parles de commando, l'interrompt le bassiste, il suffirait que le Libanais en profite pour exiger le remboursement immédiat de tous leurs achats à crédit, ministre ou pas ministre, tu verrais une belle panique, tous ils prendraient leurs jambes à leur cou ! »

Au même moment, le grondement des hélices du bimoteur provoque l'inévitable exaltation et réveille le chœur des voix enfantines qui s'élancent à sa rencontre, « vive, vive monsieur le Ministre ». Pendant ce temps, une étrange agitation règne au bord de la piste, car l'assemblée des notables semble rencontrer quelques difficultés pour statuer sur l'ordre protocolaire dans lequel elle doit être présentée à la personnalité en voie d'atterrissage.

Nous, nous essayons de nous effacer dans l'ombre de la cabane, tout en regrettant de n'avoir pas apporté quelques instruments acoustiques – congas, trompettes, tam-tam – qui nous auraient permis de tenir dignement notre place. Mais c'est peine perdue, car les gendarmes viennent nous dénicher « allez les jeunes, ne vous isolez pas, mettez-vous en rang comme tout le monde ! » Se mettre en rang, ce n'est pas une mince affaire, car ledit rang est fort compact et semble impénétrable, chacun tenant à la folie de son ordre d'apparition. Il ne nous reste donc que la dernière extrémité, là-bas, à près de cinquante mètres de monsieur le député.

L'avion décrit un virage serré au-dessus de la tête du rang. Un murmure admiratif parcourt la foule. « C'est certainement Barry. Il est le seul capable d'une telle manœuvre ». Barry, c'est l'enfant du pays. Brillant pilote de l'aviation militaire, il a tenté sa chance chez les civils, voulait piloter sur les grandes lignes, mais les gens lui ont créé des obstacles, et le voilà à bord d'un petit bimoteur.

Il saute à terre, ouvre la portière, tire la petite échelle et se range de coté pour laisser passer monsieur le ministre, aussitôt ovationné. Ce dernier, sportif et imposant, descend l'échelle en un éclair et se précipite au pas de charge sur le rang interminable. Il serre les mains l'une après l'autre, et à l'extrême bout de son effort, il arrive à notre hauteur. « Ce sont les musiciens de l'orchestre, Monsieur le Ministre », lui murmure une voix; il nous lance un sourire complice en serrant nos mains. Visiblement soulagé d'en avoir terminé avec cette toute première corvée, il repart en direction de la voiture officielle.

Le départ du cortège fait penser à celui d'un grand prix automobile, c'est la revanche du rang protocolaire, chacun essaye de gagner des places et de mieux se placer à l'arrière des véhicules officiels, mais heureusement sans accidents. La liesse populaire s'éloigne rapidement, et nous voilà seuls avec Barry, et le copilote, qui se trouve être un grand frère d'Abdou le trompettiste. « Ah, si j'avais le temps, je ferais un saut en ville pour faire une provision de viande, ici vous la payez moitié moins chèr qu'à Dakar ! »

Entre-temps, les gosses ont entouré l'avion et s'en approchent dangereusement. « Faites attention, en un instant ils vont vous démonter l'hélice et la carlingue. » Le copilote remonte à bord, suivi par Barry, et le démarrage des moteurs suffit à faire fuir les hordes d'enfants aux grands yeux. L'avion s'éloigne jusqu'au fond de la piste et réussit à décoller juste devant nous. Les cris de joie des gosses répondent aux saluts de la main que nous adressent les deux pilotes.

Dès que nous franchissons les grilles de l'école, nous découvrons un formidable embouteillage aux abords du parking. Une équipe dépêchée de toute urgence est en train de recharger notre bien-aimé matériel au sommet d'une camionnette.

Dieu sait quel emplacement ils vont nous réserver pour demain, le grand jour !

Rencontres au bord d'un bolong

« C'était la fée Angélique, belle des pieds à la tête... tout en jouant pour le serpent, d'un quasi geste je lui avais fait signe de s'approcher »

Le serpent, la trompette et la fée

L a sirène venait tout juste de crier son temps à ceux qui l'entendaient : au maître et aux élèves, aux jardiniers, aux paysans. Elle donnait le départ au chemin du retour, salutations en route, la maison, puis l'attente ; et si tout se passait bien ce jour là, le riz sortait des marmites, pour les rassasier tous, en l'instant du repos.

Moi j'étais au bord du bolong, je rêvais d'une fée, les pieds dans l'eau. A force de rêver, j'accrochais une image qui devenait réelle : un sourire, deux dents très blanches, une expression gracieuse, elle hésitait, redevenait très floue et semblait interroger. Par le langage des yeux elle murmurait : « Mais comment se fait-il ? Tu es si loin ! », puis elle se détournait.

Elle faisait semblant de dormir, mais si je m'approchais, ses yeux se rouvraient promptement, une moue me repoussait, et de tous ses cheveux, elle masquait son visage. Je devenais un petit chien fouineur qui, du bout du museau, reniflait parmi les lianes, désemparé par le parfum de sa bouche, puis lapant la commissure des lèvres, en prenant soin de ne pas m'échouer, telle une hélice entre les algues.

Et le jeu continuait, très près, trop loin, très près encore, pour se serrer très fort l'un à l'autre, se sentir ensemble à nouveau, je savourais mon songe.

Monter, descendre les gammes, sans se poser de questions. « Pourquoi les gammes, comme autrefois, pourquoi les déclinaisons latines ? » Tel un dogme, je les enfilais dans ma trompette, en les chassant de mon cerveau, pour mieux les écouter, et voyager dans des quasi harmonies, là-bas tout seul, les pieds dans l'eau.

La fin d'une matinée ensoleillée. En me voyant partir vers le bolong, un villageois narquois m'avait lancé : « si tu continues à siffler en pleine brousse, tu finiras par appeler les serpents ! »

〜〜〜

Chaque jour, je racontais une petite fleur. Je voulais la chanter très belle, faire se répandre ses parfums et ses couleurs, son éclat de tous les matins. Tous écoutaient, sans doute émerveillés, mais un peu rares, à cette heure-ci, sous le soleil.

Au loin, deux femmes rentraient, des fagots de bois sur la tête en prévision des prochaines pluies. Une pirogue ramenée par la marée tardive, et entourée de gosses : c'était là mon public, ceux-là et quelques autres.

Je jouais fort, et une multitude d'êtres multicolores dansaient mes notes. Je visais la palmeraie lointaine et les oiseaux qui tournoyaient dans le vent. J'apprenais à bien les articuler pour eux.

Des serpents, il devait bien y en avoir, dissimulés quelque part, écoutant cette musique. Ou bien ils la sentaient vibrer quelque part dans leur corps. Leur plaisait-elle ? Et s'ils sortaient au grand jour, s'ils s'approchaient, curieux, pour mieux écouter ? Pour apparaître au son de la trompette magique?

Jouer, penser, raisonner, résonner... derrière moi, un étrange plongeon au beau milieu du palétuvier, qui d'ordinaire se plaisait à caresser mon épaule. Drôle de plongeon, bien souple et volontaire. Mais l'insolite n'avait pas le droit de me distraire, urgence de continuer, car la musique ne devait pas s'arrêter. Matinée de bruits étonnants, parmi les branches, entre les herbes, « ça doit être un oiseau qui s'envole » je prolongeais mon morceau, et pourtant cette fois-ci...

Instant de pause, en aspergeant mes lèvres, et pensant à des choses, par exemple au plongeon.

Je fouillais attentivement le palétuvier. Une branche sèche de palmier y flottait, apparemment depuis longtemps. J'essayais de la lancer en l'air, pour écouter sa retombée... ça n'avait rien à voir ! Qui donc avait pu plonger puis disparaître ? Sans résoudre ce dilemme, je recommençais à jouer.

Mes sens s'étaient aiguisés, car le léger bruissement entre les branches me sembla immédiatement suspect. La trompette détachée de mes lèvres, je m'étais retourné pour inspecter d'un œil, puis de l'autre.

Il s'agissait d'une branche un peu bizarre, de par sa couleur verte et non brune, comme toutes celles qui d'habitude se promenaient dans les parages. D'où pouvait-elle bien sortir ? Elle semblait sans queue ni tête : impression erronée, sa tête était bien là qui, à l'instant même, avait bougé.

~~~~~~~

A nouveau petit chien, j'avais presque aboyé, puis désiré jouer avec cet animal marrant et inconnu, m'élancer, l'attraper, le projeter en l'air, le saisir entre mes crocs, le secouer un peu, pour ensuite l'ignorer, mais bientôt le pourchasser... un tout autre réflexe me rejeta en arrière, au-delà du palmier au flanc duquel pendouillaient mes partitions et multiples accessoires.

Il venait de remporter un succès indéniable : interrompre la musique en s'emparant de mon espace. Il jouissait de cet instant, le prolongeait outre mesure, et balançait sa tête, de pleine satisfaction : lui tout petit et tout vert, il avait mis en fuite cette montagne bruyante !Se laissant glisser hors du buisson, il s'en était allé, sa couleur luisant en plein soleil. Je restais immobile et fixais son territoire. Où était-il passé ?

Un souvenir d'enfance, le serpent des bananiers. Chaque soir, en rentrant de l'école, je traversais la brousse. Le serpent était là, sur les feuilles du bananier, il aimait se laisser tomber sur celui qui passait, il fallait s'écarter des arbres, pour l'éviter. Où était-il passé ? L'orgueil m'avait poussé la tête haute sur le chemin de mon retour, mais les sens aux abois accéléraient mes pas, quelle chaude fin de matinée!

Le soir même, j'étais revenu, en me forçant à retourner à la même place. Refus de changer : tant de voyages et de patience m'y avaient mené.

Au début, les gens s'approchaient par curiosité, ils me saluaient, m'interrompaient pour demander, ne comprenaient pas que je joue, pour jouer. Ce qu'ils entendaient ne leur disait rien du tout. Trop de notes, aucun rythme. C'était étrange, voire suspect en ces lieux : des sons graves prolongés, des saccades montantes et descendantes. Moi-même j'y trouvais à peine mon compte, escomptant quelques progrès.

Mais j'avais fini par pénétrer le décor, chaque matin au même lieu, et ce petit serpent ne pouvait certes pas m'en empêcher.

~~~~

Jour après jour, j'avais continué ma routine, mais avec mille antennes dressées en direction de tous les recoins : au moindre mouvement, à l'ébauche de tout bruissement, je sursautais. Les passages noctambules d'êtres inconnus m'étaient devenus familiers : j'observais chaque trou, chaque changement, à l'issue de chaque nuit.

Le serpent m'enseignait à vivre avec tout cela, et bien d'autres secrets. Je l'attendais, il m'attendait. Son absence était compensée par sa leçon, qui n'en finissait pas de se prolonger : les feuilles séchées de cet arbuste tout proche nettoyaient l'estomac. Cette branche coupée à tel et tel endroit servait couramment de curedent. La racine de cette liane soignait promptement la cruelle chaude pisse.

J'étais à la jonction de deux chemins : l'un pénétrait la brousse, l'autre longeait le bolong. Plus tard, ils se rejoignaient, pour traverser ensemble la plaine des oiseaux, là où chaque palmier portait de nombreux nids, et les journées se déroulaient en un chant continu.

Plus loin était une forêt. La lumière du soleil y pénétrait à peine, outre les cimes des grands manguiers, plantés jadis par un bienfaiteur ainsi resté présent. En cette saison, le moindre coup de vent faisait se précipiter des hordes de gosses munis de seaux, de bassines, de paniers, pour y ramasser les fruits de joie tombés des branches inaccessibles.

À leur retour, au pied de mon palmier, je les aidais à alléger leurs fardeaux, et recevais ma part de joie ; puis, mon ventre bien rempli, je reprenais mes mélodies.

Tout près de moi, mon buffet personnel et bien garni : un arbre aux jolies fleurs blanches qui se muaient en fruits verts semblables à des olives précoces qui à ce stade n'avaient aucun goût. Mais chaque nuit, quelques-uns s'épanouissaient et prenaient la forme et la couleur de cerises à la peau très fine et à la pulpe blanche. Encouragés par ma musique, ils m'attendaient munis d'une douce saveur, et accrochaient mon œil, en cherchant à me faire tout lâcher.

〜〜〜

Cette nuit-là avait été très prolifique, car au bout du buisson, j'en apercevais un grand nombre... j'avais accroché la trompette au palmier pour les rejoindre, et à l'instant même où j'allais les toucher, un signal intérieur me saisit pour me dire qu'il était là et qu'il m'observait. Je suçais la pulpe des fruits, mais leur saveur m'échappait, en m'approchant le plus doucement possible de ma trompette et de mes partitions.

Il était là, le corps étendu entre deux branches, la queue reposant sur la plus haute et éloignée, et la tête explorant, langue fourchue en action, l'orée du pavillon de l'instrument. Il s'était emparé de ma trompette et m'observait, moi, privé de mon instrument : nos regards se défiaient.

Je sentais grandir la colère et, contrôlant ma voix avec difficulté, je lui disais en le fixant : « Ecoute-moi bien, là tu exagères, tu ne crois pas ? »Mais bien vite j'explosais en invectives: « Si tu viens pour écouter, ça va, mais ne crois pas que tu puisses me saboter... sais-tu ce que je vais faire, tout de suite ? Je vais chercher un gros bâton, et si je te retrouve à la même place à mon retour, je vais t'écraser la tête. Tu as bien compris ? Je vais t'aplatir et te jeter aux petits poissons là-bas ! »

Je tremblais de rage et de peur, il ne pouvait pas me défier comme ça, me laisser dans l'attente, m'empêcher de jouer... rassuré par le poids du gourdin ramassé, je retournais vers lui, avec l'allure d'un grand fauve, très fâché et bien armé.

Le petit serpent vert l'avait fort bien compris, et il s'en était retourné.

〜〜

Les premières pluies avaient ramolli la terre et les hommes y creusaient des rizières avec leurs cadiandous. Une rangée de corps droits et de jambes pliées, un chant, un rythme, des va-et-vient sans déplacer les pieds ; et après quelques jours, apparaissaient les crêtes et les fossés dans lesquels l'eau devait stagner.

Alors venait l'époque des semis et de la guerre rituelle entre cultivateurs et éleveurs.

Les porcs prenaient d'assaut ces terres molles et rafraîchies, pour y enfoncer leurs groins avec volupté, dévastant ce qui, avec peine, venait juste d'être achevé.

Bien entendu, les éleveurs s'empressaient de reconstruire leurs porcheries, mais c'était si difficile de rattraper les bêtes farouchement attachées à leur indépendance. Elles s'enfonçaient bien vite dans la brousse où nul ne pouvait les retrouver.

Quant aux cultivateurs, ils lançaient leur cri de guerre « j'attrape, je bouffe !» et attendaient le passage d'un destructeur des futures récoltes, un intrus bienvenu, car objet de festin en début d'hivernage.

Les singes, les gueules tapées et les oiseaux venaient également satisfaire leurs appétits. Des bandes d'enfants protégeaient les rizières et les pépinières à peine écloses.

Le serpent... je l'apercevais de loin, il paraissait m'éviter.

L'approche du grand orage tendait à m'exalter. Je le défiais à corps et à cris, en jouant de plus en plus fort, dans sa direction, je résistais au grondement de sa voix qui cherchait à me balayer, de même que son vent qui pliait tout, les arbres et les têtes des gens qui s'enfuyaient, sauf la mienne... toujours accrochée à sa trompette.

Alors les pluies se déversaient, je les laissais m'arroser, et mon instrument continuait, solidaire, à ne pas se laisser troubler. Lorsqu'enfin nous rentrions, en continuant à jouer, c'était les pieds dans des torrents qui se précipitaient entre les maisons, puis fuyaient le village.

Un beau matin sans pluie ni chaleur trop humide, le monde entier me souriait, je me sentais heureux, rien ne me manquait, et les progrès accomplis, jour après jour avec mon instrument, m'apparaissaient au grand jour.

Pluf ! Brusquement, tout près de moi, le buisson avait recommencé à s'agiter.

« Tiens, tiens ! ».Un demi-coup d'œil, pour apercevoir sa queue s'éloigner vivement, quelques notes de plus à aligner... pluf, encore ! Puis repluf !

Ensemble ils remontaient sur le tronc du palmier, puis arrivés aux premières branches, ils plongeaient dans le buisson. J'imaginais la cour du serpent à la serpentine, sous prétexte de concert, et de trucs marrants à essayer... « Allez, ne sois pas bête, tu verras, c'est rigolo, ça ne fait pas mal, c'est si chouette de s'envoler ! ».

Sans longtemps disserter pour définir s'il s'agissait d'un jeu innocent, d'une fête d'amour ou d'une énième intimidation à mon égard, j'avais appelé les gosses des rizières avoisinantes, et grand jeu pour grand jeu, nous avions encerclé le buisson et le palmier. Arborant des bâtons de toutes sortes, les enfants surexcités criaient : « On va les bombarder pour les faire tomber de l'arbre, après on va les tuer ! »

Les serpents ne s'envolaient plus, ils restaient enlacés le plus loin possible de nos regards, tremblant, sans doute, serrés au creux de leurs fortes vertèbres. Ils disparurent de nos regards, entre les feuilles les plus élevées.

Qui sait comment fait un couple de jeunes serpents à se remettre d'une si forte émotion ?

〜〜

Et à la fin des pluies, j'avais fait un long voyage.

Chaque matin, au cœur d'une grande ville, je reconstruisais mon univers, sans mon bâton, mais avec la trompette, l'ombre d'un arbre, des balayeurs du parc faisaient office de gosses des rizières, des ouvriers restauraient une ruine toute proche et tous les matins m'invitaient à leur pause café, un voyeur m'avait fait cadeau d'une grappe de raisins, une équipe TV en tournage avait déposé à mes pieds un casse-croûte complet et emballé.

Ce n'était pas un récolteur de vin de palme, ce vieux qui se penchait chaque matin sur l'herbe, à la recherche de trésors abandonnés, de bracelets, de piécettes ou d'alliances retirées à la hâte ; parfois, il me racontait ses plus belles cueillettes, tout comme cet autre vieux, vendeur du kiosque à café pour touristes, me racontait ses années de jeunesse, prisonnier de guerre au mess des officiers anglais en Egypte, « les plus belles années de ma vie ».

Je n'étais plus le « dimonio di mato », comme me surnommaient les paysannes des bolongs, mais sans doute pour certains le « fou du parc », rien de très différent, sauf bien entendu le serpent.

Je m'étais rapproché de ma fée, l'espace d'un instant, pour connaître en l'entraînant sur son propre lit, en l'embrassant puis en la déshabillant, le bonheur de l'enfant qui depuis tant d'années l'attendait. J'avais respiré son parfum, reçu ses caresses et senti son cœur battre avec le mien, et puis plus rien. Une cuirasse s'était refermée, emprisonnant à nouveau la petite fleur.

J'avais aussi essayé de raconter mon histoire à ceux qui me demandaient des nouvelles de ma vie au village, mais mes images ne les captivaient pas, comme si je n'utilisais pas les termes et les cadences appropriés ; pas assez spécifique, trop long, trop vague, un serpent... oui mais de quel type, de quelle espèce, quel degré de danger, quelle sorte de venin ?

Il avait fini par apparaître, un soir, chez ma vieille tante, dans l'espace limité de la boîte à images, il me semblait très proche, mais distant à la fois, plus froid et plus méchant, comme automatisé, son nom s'était inscrit en lettres électroniques « Mamba vert », ça me convenait parfaitement pour donner un ton quelque peu scientifique à mon histoire. Vert il l'était certainement, donc pourquoi pas Mamba ?

~~~~

Mais le bolong m'appelait, là bas, dans un coin de lagune, et j'avais bien fini par le rejoindre, y enfoncer de nouveau mes pieds, sans me les déchirer sur des coquillages ou des débris de coquilles d'huîtres, me protéger du soleil sous mon arbre à musique, retrouver le rythme des lunes et des marées, déféquer au milieu des buissons en observant les pirogues du matin.

Les grandes chaleurs s'étaient évanouies, il soufflait un vent froid et opaque, froide était l'eau si je cherchais à y nager, opaques étaient ses reflets, ainsi que la couleur de toute chose autour de moi. Une fête était finie, je reprenais ma course.

La tête lourde et les jambes engourdies, réussir un pas et puis un autre alors que le paysage commençait à défiler. Bientôt j'arrivais au bout de la première digue. Une crampe m'attendait, elle me serrait le mollet de toutes ses forces, comme pour me faire exploser la jambe. Alors je mobilisais mon muscle magique, il insufflait la pression nécessaire à faire gicler l'oxygène dans toutes les directions ; mon cerveau s'inondait et se mettait à chanter, mon pas s'adaptait au rythme d'une chanson que je scandais de toutes mes forces, une histoire renaissait, je l'écoutais, elle me portait, les jambes et le souffle s'harmonisaient, et la crampe s'estompait.

Mes pas rebondissaient sur le sol sec le long de la forêt tout au bout du village. Des palmiers semblaient s'incliner sur mon passage, des oiseaux étranges s'envolaient qui me donnaient l'envie de m'arrêter pour mieux les contempler, d'autres sifflaient immobiles.

Sur l'étroite crête de la seconde digue, ma course se transformait en un ballet très attentif, obligée qu'elle était de se faufiler entre les troncs naissants à raz de terre et les plantes épineuses. Je sautillais et me déhanchais en faisant virevolter mes bras, pour conserver quelque équilibre, ne pas heurter d'obstacles, éviter de me blesser.

En contrebas, séparant la digue des rizières, un canal s'écoulait dont les habitants s'enfuyaient en me sentant arriver, nous avancions ensemble dans la même direction, eux dans l'eau et moi sur terre, chacun dans son élément, sans jamais se rejoindre.

Mais sous mes pieds, il avait jailli, plongeant dans le canal et me propulsant dans le poto poto ! Nous avions eu autant de surprise et de peur l'un et l'autre, l'espace de cette rencontre inattendue.

〜〜〜

Le poto poto, c'est la glaise de la lagune, courir dedans ressemble à un grand jeu, on s'enfonce à chaque instant jusqu'aux chevilles, au mollets ou aux genoux, on finit par avancer comme des canards, en poussant avec les coudes le long des flancs. Quand j'étais gosse, j'avais vu passer des marcheurs en compétition ; c'était rigolo: ils se tortillaient dans tous les sens, en agitant les fesses et les épaules, je me demandais pourquoi ils s'agitaient tant au lieu de courir tout bonnement.

Je percutais parfois des colonies de crabes : des grands, des petits, innombrables. On aurait dit que leur métier, outre à creuser, consistait à s'enfuir. Lorsque je débouchais, j'assistais à des paniques grandioses et bruyantes, les carapaces antédiluviennes et futuristes cliquetaient dans tous les sens. Les épées et lances imaginaires abritaient les fantômes d'une armée en débâcle.

Un jour, un chien m'avait suivi dans ma course, il n'avait pu résister à la joie de les voir se précipiter dans toutes les directions. Il faisait des grand sauts, enfonçait son museau au milieu des petites bêtes, le retirait précipitamment, aboyait, s'échappait, revenait à l'attaque.

Une autre fois, c'est une bande de vautours qui les avait choisis comme passe-temps. Ils se posaient au beau milieu, en attrapaient un négligemment et du bout du bec se le passaient, puis faisaient mine de se le disputer, jusqu'à s'en ennuyer. Parfois alors, le malheureux s'en sortait, secoué, ébahi, mais presque indemne. A la fin du poto poto, c'était la troisième digue, et au-delà, l'inconnu. Un vague chemin s'enfonçait dans la brousse.

D'habitude, en ce point je retournais, car il était temps de plonger, puis de saisir l'instrument et de commencer à expulser les démons de la nuit. Pourtant, j'avais souvent rêvé de partir au-delà, ou de faire le tour complet en traversant les méandres du bolong et des palétuviers.

Un matin, réchauffé par le soleil ressuscité, j'avais continué à courir. La marée, en se retirant, abandonnait des canaux qui me servaient de piste. Je rentrais dans des mares, en ressortais avec difficulté, enfoncé à mi-jambe, puis à mi-cuisse, m'accrochant aux branches pour m'en extirper. Je poussais plus et plus loin encore, les concessions du village, les rizières et la brousse s'étaient évanouies ; l'eau, le poto poto et les palétuviers constituaient l'antichambre de quelque chose de plus grandiose.

Un cours d'eau beaucoup plus grand se présentait avec l'allure d'un « canal grande », il défilait rapidement devant moi. Gondolier ou tarzan, il me restait le choix de m'y précipiter ou de rebrousser chemin.

Inutile de nager, le courant m'entraînait, tout au plus je dirigeais de temps à autre ma trajectoire, j'arrivais à toucher l'une des rives, puis je me laissais glisser à nouveau. J'observais la vie le long des palétuviers, les huîtres pendant le long de leurs tiges, les petits poissons escaladeurs, les crabes de toutes dimensions et les oiseaux. Plusieurs coudes se succédaient, des affluents s'y propulsaient.

Le temps s'écoulait, et j'étais couché sur le dos, lorsque j'aperçus devant moi une porte en forme d'arcade dessinée par l'entrecroisement de lianes des deux rives. Au sommet, un oiseau bleu mauve, avec un gros cou très court et un chapeau de duvet brun. Un hochement de sa tête suivi d'un regard m'avait intimé l'ordre de sortir.

J'avais escaladé la berge, ensuite repris ma course, jusqu'à émerger de l'étrange monde des palétuviers. Une forêt de palmiers, et là-bas un village inconnu. Tout en courant, j'essayais de deviner ce paysage nouveau. J'étais enfin passé de l'autre côté. Devant moi, j'avais aperçu des traces, et en me rapprochant, je les distinguais mieux. Des pas très longs, et un grand poids, puisqu'elles étaient larges et profondes, assurément un puissant être était passé par là récemment... pourtant elles comportaient quelque chose de familier. Je m'immobilisais et regardais derrière moi pour comparer, saisissant soudain la clé de ce mystère. J'avais sans aucun doute bouclé le tour complet du monde, puisque ces traces étaient celles que j'avais abandonnées un peu plus tôt, au-delà de la troisième digue.

La fin de la course était une envolée : la toute première digue arrivait à toute vitesse, je dansais dessus en accélérant toujours plus, jusqu'au dernier virage. A partir de là, je ne me retenais plus, des millions de tam-tam se mettaient à battre en moi, mes cuisses se soulevaient, ma tête se balançait et mes bras tournoyaient dans l'air, ma joie d'être plus qu'avant que jamais, mieux que toujours, explosait. Je rattrapais tous les moi-mêmes qui m'avaient précédé, puis je les dépassais en poussant un grand cri et en levant les mains très haut, seul en tête, sous l'ombre retrouvée de mon arbre à musique.

〜〜〜

Mais lui, où était-il passé, depuis notre rencontre fortuite sur la digue ? Ni bruissement ni contact, presque une grande bouderie. Près de l'arbre à musique, un palétuvier avait été découpé. Il n'en restait plus qu'un moignon de racine étrangement sculpté, qui s'était transformé en interlude de percussion. Je m'asseyais sur un bord, et attaquais la racine fuyante et tordue de la grosse baguette. Elle émettait un son grave et introduisait le rythme principal; quant à l'autre, plus petite et à la pointe fendue, elle vibrait dans les aigus et variait les mélodies. Elle connaissait bien des tours, et tentait souvent de s'évader vers la grosse caisse — un vieux tronc de palmier tout mort et presque creux — l'autre finissait par la rattraper et la ramener dans un tempo plus modéré, ensemble elles se mêlaient pour rebondir, s'entrechoquer et finalement créer des tons secrets en arrachant de ce vieux tronc les restes de musique encore dissimulés... perché tout en haut du palmier, le serpent m'observait depuis un bon moment.

Sa couleur avait changé, pour devenir celle d'une saison, gris brun, comme le vieux tronc, le ciel dans l'eau, comme le vent d'une matinée étrange. Il balançait doucement la tête, en exposant des sections pâles de son ventre. Il affirmait de l'indolence et regardait vers le bas.

Nous étions deux ce matin-là, et nous nous regardions entre la forêt et le bolong. A quel jeu fallait-il s'atteler ? « Grosse bête furieuse écrase serpent perfide ? », « Retrouvailles de vieux copains en brousse ? », « Charmeur rencontre sa proie », qui charmeur et qui proie ? Sans choisir, j'attaquais ma partition.

Il écoutait sans se manifester outre mesure et changeait de temps à autre de forme ou de position, se transformant en une grande boucle qui entourait le tronc, ou en un manche sans parapluie. Moi je jouais pour lui, la trompette tournée vers le haut. Petit à petit il se laissait glisser : à mi-hauteur du palmier, il commença à balancer la tête dans le rythme.

Les crabes, au lieu de s'enfuir, m'accompagnaient du bout des pinces, les poissons créaient d'étranges ballets en modifiant continuellement la tache sombre qu'ils composaient tout près de la surface, une petite sèche crachait son encre puis me regardait comme pour me demander mon approbation, quant aux pirogues, elles se tenaient en équilibre sur leurs quilles en attendant le retour de la marée. Le serpent continuait sa descente. Je lui jouais mon répertoire préféré, piano / dolce, et je voyais se réaliser mon vieux rêve de le voir docilement s'approcher, pour me dévoiler les secrets de cette longue histoire. Mais l'instinct subsistait, et en le voyant tout proche, je ne pus m'empêcher de saisir d'une main le bout du bâton bassari – témoin et complice d'un long voyage, entre la raison et mille folies – comme pour me rassurer de sa présence. Il n'apprécia pas cette esquisse et disparut, alors que je jouais encore. Les rêves sont si rapides à s'estomper.

~~~~~

Vint la veille d'une pleine lune : une matinée vraiment heureuse, où j'apprenais à ne jamais plus désespérer. J'avais réussi le tour complet de la lagune et découvert une petite île là-bas, munie d'un grand palmier. Une année s'achevait dans quelques heures, j'avais conquis l'espace et l'harmonie, et la puissante machine à façonner mes rêves s'était finalement remise à fonctionner.

J'apprenais à m'enfouir dans les notes très graves, pour remonter aux suraiguës, plus bas, plus haut, plus bas. Il était redescendu au point exact où il m'avait quitté.

Il m'écoutait tout près du sol, à quelques pas de la fin d'une histoire. Sans retenue il se laissait glisser doucement de tout son corps brun clair et foncé, sur les branches blondes presque sèches. Nous jouions notre rencontre dans une saveur d'hypnose réciproque. Ma trompette continuait à chanter et nous voyagions l'un vers l'autre, telle une fable que nous seuls pouvions comprendre.

Il venait de toucher terre et s'approchait de ma jambe, lorsqu'une tache rouge entre un buisson et deux palmiers s'inscrivit à l'angle d'un regard. Quelques notes plus tard, elle était apparue tout près de moi. C'était la fée Angélique, belle des pieds à la tête, que surplombait une perruque faite de mille tresses enroulées. Ses yeux tournés vers moi exprimaient un sourire rayonnant, une grande douceur.

Tout en jouant pour le serpent, d'un quasi geste je lui avais fait signe de s'approcher, alors, du pavillon de ma trompette, je lui avais révélé le secret qu'à l'instant même elle venait de pénétrer.

Le serpent maintenant immobile nous observait; il semblait calme, mais ce n'était qu'une apparence. Je le sentais très tendu, et soudainement endurci, en raison de cette présence impromptue. Quant à la fée Angélique, elle n'était point effrayée, elle était rentrée tout de go dans mon rêve sans chercher à l'interrompre, elle le rendait plus beau encore. Je jouais pour elle aussi, pendant que tout doucement, elle caressait mon dos. Seule une fée pouvait accepter tout cela sans doutes ni réticences.

Puis j'avais cessé de jouer, et en attrapant sa main, j'avais voulu parcourir avec elle – comme un enfant qui raconte tout trop vite – l'histoire entière de cette année. L'espace était si bref, les rizières, la lagune, les enfants, le palmier, les fruits rouges, le gros bâton, le récolteur de trésors oubliés, la seconde digue, l'oiseau du fleuve... jusqu'aux branches blondes et sèches.

Et devant les branches il était là encore, nous attendant pour terminer ce long récit. Mais l'atmosphère avait changé, et sans aucun doute, tous deux le comprenaient : elle l'Angélique, lui le Serpent.

Il avait suffi d'un geste imperceptible de sa part pour qu'il rebrousse chemin et regagne son univers de branches et de feuilles.

<div align="center">~~~~~</div>

Une matinée vraiment très belle, et nous avions continué à jouer tous les deux, à jouir de la vie et de nos corps, à danser, à lutter, à la Chinoise, à l'Africaine, à l'antique Romaine. Elle s'était assise près de moi sur l'arbre à percussions, j'accompagnais ses chants et elle rythmait mes notes. Nous inventions des langages très nouveaux pour nous raconter l'un à l'autre un instant de bonheur. Puis elle s'était éloignée en murmurant la musique que pour elle seule je continuais à jouer. « Cette nuit de pleine lune, j'aimerais vraiment la passer tout près de toi », je le pensais en l'apercevant une dernière fois entre le buisson et les palmiers.

Dernier jour d'une année, la fée Angélique et le Serpent m'avaient à tout jamais quitté. Comme à la fin d'un énième épisode de leur lutte d'influence inscrite dans l'histoire à tout jamais.

Au village, ma famille riait et commentait mon aventure : « en jouant ta musique, tu attires les esprits : tu vois des personnes qui ne sont pas des personnes, et des animaux qui sont des diables déguisés. »

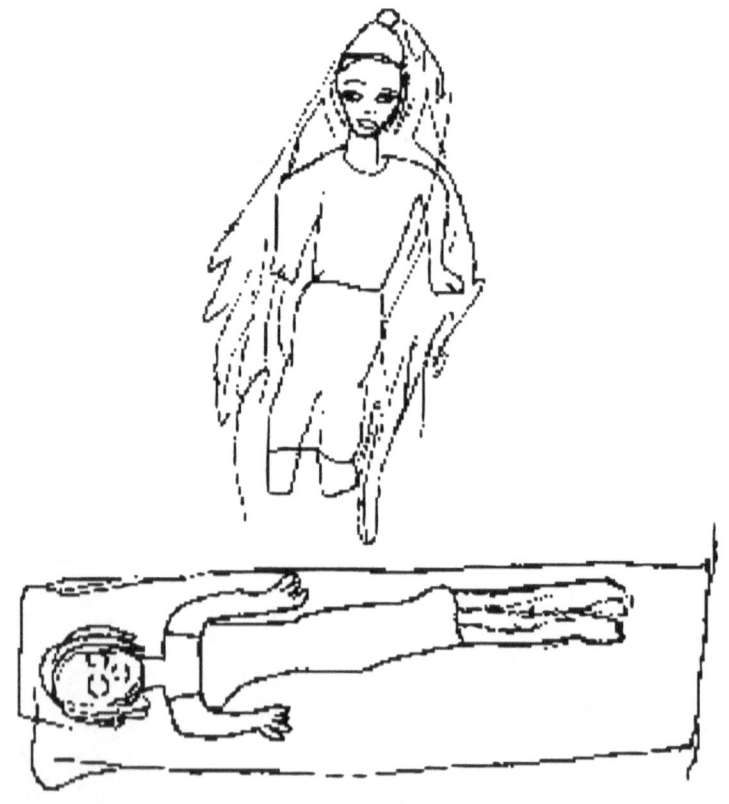

« Une nuit, je vois un homme inconnu dans ma chambre, je ne sais pas par où il est entré, il s'approche de mon lit et me demande de lui remettre mon slip. »

L'esprit de la reine

S a première apparition, un matin au bord du bolong, résonne comme un mystère à ne pas expliquer. Peut-être le simple désir de se rencontrer... mais combien le désirent sans jamais y parvenir ?

Moi j'étais à ma place sous l'arbre à musique, ma trompette appliquée sur les lèvres. Il me semblait écouter le murmure des femmes, toujours prêtes à suspecter l'étrangeté de ma présence et de mes sonorités. Elles m'avaient surnommé « dimonio di mato » (le démon de la forêt). Pour elles, sans aucun doute, j'attendais depuis longtemps déjà, et en ce lieu j'appelais chaque jour.

J'avais senti la force de son regard dans mon dos. En me retournant, j'avais rencontré son sourire. Je ne me souviens plus des paroles échangées, comme les notes oubliées d'une mélodie naturellement improvisée, mais je sais que très tôt, je l'avais reconnue : « Toi tu es une reine ! » Ça n'était pas original, mais voilà, j'avais connu une reine autrefois – Aïcha – très grande et très belle, puis elle s'était dissipée comme le brouillard de l'aube, dans le secret d'une case ; à cet instant précis, elle réapparaissait.

Deux gosses insouciants jouaient au bord du bolong à s'être retrouvés : chaque geste, chaque mot recelait son sens, sans peur de détonner ou de rompre l'harmonie.

Sans doute aurions-nous pu jouer à nous embrasser, tout nous était permis, même la tendresse, pourtant non, ou plutôt oui, comme une promesse ... et lorsque déjà elle s'éloignait, je lui avais crié : « Dis moi ton nom », dans un éclat de rire, elle m'avait répondu : « je suis Aïcha ».

～～～

J'étais sorti, sans savoir au juste pourquoi, en plein soleil. Je parcourais les chemins du village sans autre destination que la réponse aux salutations. Alors que j'allais me poser la question, la réponse survint : « Eh toi, mon grand guerrier, où étais tu passé, et où cours-tu maintenant ? »

Sa chambre protégée du soleil par une véranda était emplie de pénombre, pourtant la lumière se faufilait par le cadre de la porte et reflétait le monde sur la paroi qui faisait face au lit.

Elle était lasse ma reine, couchée sur le côté, elle me tournait le dos, sa tête reposait sur mes cuisses, sans paroles ni sourires, sans inquiétude, mais une douleur avait envahi sa colonne.

Je lui massais doucement le cou, un peu pour la soulager, et un peu par plaisir de la toucher. Elle ne m'imposait aucune retenue, car j'étais son guerrier : entre mes mains sa tête, je la fis se coucher et parcourais l'ensemble de son dos, enfin, je m'installai à califourchon, sur le sommet de ses fesses. Alors je me sentis très preux, très chevalier.

« Allegro pizzicante », je promenais mes phalanges le long de ses vertèbres, sans précipitation, chacune était un îlot à découvrir : j'en dessinais les contours, le délimitais avec les pouces, puis le recouvrais de mes paumes posées à plat, alors, les bras tendus, je pressais de tout mon poids. Je repartais ensuite vers de nouvelles conquêtes.

Elle semblait satisfaite, les craquements de son dos lui faisaient du bien, mais son cou la gênait lorsqu'elle sentait mes mains s'y enfoncer: elle sursautait, tentait de fuir. Il fallait battre en retraite, redescendre tout doucement pour la sentir à nouveau en confiance, se détendre, se relaxer. Quant au bas de son dos, il semblait me sourire, comme une invite à ne pas s'arrêter, mais là cessait le jeu par arrêt de vertèbres.

Les ombres dansaient sur la paroi près de la porte : dessinées par un soleil complice et soucieux de nous conter chaque détail de la rue en cette fin de matinée. Et si l'ombre grandissait, elle faisait résonner des alarmes au fond de notre grotte. Une voix appelait et la reine se levait pour y répondre, la courtoisie l'y obligeait. Puis elle revenait, un fruit à la main, et me le tendait pour se faire pardonner.

Une onde passait et en appelait une autre, ensemble nous créions cette oscillation et sans feinte innocence, nous soufflions sur les braises. J'étais deux mains qui parcouraient son flanc, l'entouraient, contournaient ses collines, et jouaient à se rejoindre un bref instant en elle : s'écarter à nouveau caresser son épaule, visiter son aisselle, attraper la pointe de son mamelon, plonger dans son enfer...

Elle, ma reine, ni soumise ni dominante, des yeux, des bras, un corps, qu'elle exauçait avec passion, tout en chantant les louanges de la rencontre magique d'une fleur et d'un volcan près à se déchaîner. Sans cesse, elle s'emparait de mon visage, pour l'attirer contre sa bouche, et au fond de mes yeux, elle fixait son sourire.

Mais les ombres de la paroi continuaient à s'agiter : pauses mélancoliques, harmonies interrompues, succession de brusques réveils d'un rêve jamais achevé.

Cette chambre n'est pas libre, tu me mets en danger, les gens peuvent entrer et sortir à tout instant, tu sais, pourtant j'ai si envie d'un grand combat !

— Ce n'est pas un problème, je connais un endroit...

Le regard de la reine perçait progressivement la quasi obscurité propice au grand secret. Il déchiffrait les formes et les couleurs, puis apercevait un à un les trésors : les tableaux, les meubles, les ornements.

Le grand lit était là, tout près à accueillir les amours d'une reine et d'un guerrier, d'une peau en découvrant une autre : désir de se toucher, de s'enchevêtrer, de se goûter et de se répandre mutuellement de saveurs et d'odeurs. Nous ne manquions à aucun de ces devoirs et nous en inventions mille autres ; combattre ensemble une guerre, lutte acharnée adoucie par les harmonies d'un immense plaisir, rage de vaincre et tendresse de s'aimer, il fallait coûte que coûte s'accrocher l'un à l'autre, affronter l'océan, aller très loin et au-delà, et pour cela s'inventer des forces supérieures aux toutes dernières, et faire vibrer chaque énergie. Maintenant et tout de suite était l'instant à ne pas perdre, à ne pas gaspiller.

~~~~~

La flamme de la bougie diffusait des couleurs chaudes et silencieuses. Des doigts caressaient mes cheveux et j'écoutais une voix chantonner doucement.

Une femme, un esprit, chante cette mélopée le soir près de ma chambre. Je l'entends souvent. Un jour, je me suis approchée d'elle et je l'ai trouvée assise sur le petit mur, je l'ai sentie très calme qui poursuivait son chant... Tu sais, ce n'est pas bon de sentir les esprits, parfois, ils m'empêchent de dormir.

Une nuit, je vois un homme inconnu dans ma chambre, je ne sais pas par où il est entré, il s'approche de mon lit et me demande de lui remettre mon slip. Je me redresse, puis lui réponds que je ne peux pas maintenant, je ne me sens pas prête, mais bientôt je le lui donnerai.

Il demande « C'est vrai tu me le donneras ? » Je lui réponds que oui, mais il insiste : « Tu me le donneras, tu es bien sûre ? » Et à nouveau je lui réponds oui. Il a voulu que je promette, et j'ai promis, déjà cette nuit-là : je désirais le voir partir et ne plus jamais revenir.

Mais il est revenu, il m'a réveillée en me secouant l'épaule, et il me l'a aussitôt demandé. J'avais très peur, j'étais consciente d'avoir promis, mais je ne voulais absolument pas le lui donner. Heureusement j'ai eu une bonne idée, et lui ai répondu : « Ce n'est pas possible cette nuit, je ne l'ai pas sur moi, je dors nue dans mon lit ». Il voulait que je me lève pour en prendre un et le lui donner, j'ai répondu non, je ne pouvais pas me lever et marcher nue devant lui, j'avais trop honte.

Alors il s'est fâché, il m'a dit qu'il ne s'en irait pas sans le slip que je lui avais promis, il a presque crié. Il est resté très longtemps, et a continué à demander et moi à refuser, à la fin il est parti. J'avais tellement peur, que je ne voulais pas m'endormir, par crainte de le revoir, mais beaucoup de temps a passé jusqu'au jour où il est revenu. Je ne savais plus quoi inventer, il me fixait avec les yeux sévères de celui qui a par trop attendu et veut à tout prix être satisfait. Je me sentais prise au piège, comme engluée, sans aucune échappatoire, je continuais à chercher une idée, mais je n'avais plus la force de penser ou de dire quoi que ce soit, à la fin j'ai répondu en bégayant : « Ce soir je suis un peu malade, tu comprends... je ne peux vraiment pas te donner mon slip dans cet état. »

Il paraissait troublé, mais presque aussitôt il m'a rappelé ma promesse déjà ancienne et a demandé que je promette à nouveau par trois fois, et trois fois j'ai promis. Il semblait satisfait et m'a dit de me préparer à son prochain retour, car ce jour-là, il n'aurait accepté aucune excuse.

Le lendemain, j'ai tout raconté à mon père. Après m'avoir écouté, il m'a dit : « Si tu donnes ton slip à cet homme, tu ne pourras jamais te marier, personne ne voudra de toi, car c'est à lui que tu appartiendras. Dorénavant tu te coucheras vêtue d'un slip rouge. N'aie pas peur, il ne reviendra plus, car les esprits ont peur du rouge. »

~~~~

La reine s'était endormie, et moi j'étais sorti respirer l'air du crépuscule. A mon retour, je m'étais assis à ses pieds sur la natte, le dos appuyé sur le coussin où sa tête reposait.

Eclairé par la bougie, je lisais en voyageant dans la féerie d'un carnaval : des rythmes et des costumes, des danses et des masques.

Dans un couvent soudain illuminé, éclatait une musique avec mille interprètes : je rencontrai Vivaldi et Haendel, un joueur de tam-tam qui frappait sur des casseroles en faisant exploser une grande joie, et un serpent au regard féroce.

Des personnages défilaient à toute allure, arborant leurs instruments : Pierina del violino, Bettina della Viola, Claudia del Flautino, Cattarina del Cornetto, dans un mirage apparaissait Louis Armstrong; tonton joufflu et souriant, il gonflait entièrement son visage, et attaquait « Go down Moses », comme pour faire frémir ma trompette . La reine s'était réveillée et m'observait avec sur son visage une expression étrange.

— Où suis-je ?

— Dans ma chambre.

— Et toi, qui es-tu ?

— Je suis Gourgui.

— Où t'ai-je connu ?

— Au bord du bolong, là où je joue tous les matins.

— Pourquoi fais-tu de la musique là-bas, tu fais ça pour attirer les esprits?

— Ma musique attire tout et tout le monde, les oiseaux, les crabes, les serpents, les gosses aussi, alors, pourquoi pas les esprits ? Elle t'a bien attirée toi. Je n'ai pas peur de jouer ni d'attirer.

— Non non, toi tu le fais exprès, tu joues pour les attirer, toi, toi tu es un demi-homme !

Les paroles devenaient inutiles, car sa frayeur était réelle, elle me regardait avec terreur, moi j'essayais de la réconforter, mais elle geignait et soupirait très fort, ses yeux étaient pleins de larmes. J'ai essayé de lui sourire, mais c'était inutile, peut-être l'ai-je fait pour échapper à sa panique.

— Où nous sommes-nous rencontrés aujourd'hui ?

— Sur le chemin, près de chez toi.

— J'étais seule ?

— Non ta sœur était avec toi.

— Comment s'appelle-t-elle ?

— Kumba, mais je l'appelle Spennachiella.

— Et toi, comment t'appelles-tu ?

— Gourgui, je suis Gourgui.

— Que faisons nous tous les deux dans cette chambre ?

— Nous avons fait l'amour, puis tu t'es endormie.

— Quelle heure est-il ?

— La nuit vient de tomber.

— Comment t'appelles-tu ?

— Gourgui.

Je commençais à comprendre le motif de sa crainte.

— L'année dernière, lorsque je suis partie en Guinée, est ce que tu m'as suivie ?

— Je ne te connaissais pas, d'ailleurs je ne suis jamais allé en Guinée, et puis arrête avec tes questions, est-ce que je t'ai demandé de me donner ton slip ?

— Comment t'appelles-tu ?

— Gourgui.

— Tu es vraiment Gourgui ?

— Regarde bien cette écharpe, tu ne vois pas qu'elle est toute rouge? Je la portais ce matin lorsque nous nous sommes rencontrés. Regarde, je me l'enroule autour du cou. Tu vois ?

– Je n'ai pas peur du rouge !

Elle avait encore peur, mais je sentais le doute s'installer.

– Comment t'appelles-tu ?

– Ca suffit, je ne te réponds plus, d'ailleurs tout le monde sait que les esprits ne racontent que des mensonges

– Non, tu dois répondre, qui es tu réellement ?

– Je suis Gourgui, merde !

Mais aussitôt je lui avais de nouveau souri.

– Écoute, nous venons de faire l'amour, tu ne te rappelles pas ?

Un instant, elle m'avait fixé, puis soudain elle changea d'expression et se laissa glisser dans mes bras.

– C'est vrai, tu es Gourgui, pardonne-moi, tu ressembles à un type qui n'arrête pas de me poursuivre.

Puis elle avait pleuré, mais tout doucement, comme pour se soulager. Elle se levait pour s'en aller. Il est tard, ma famille doit m'attendre pour le dîner, je ne veux pas qu'elle s'inquiète.

Nous nous étions embrassés en nous serrant de plus en plus fort, au point de perdre l'équilibre, de balayer la flamme de la bougie, d'arracher nos habits, de retomber sur le lit et de livrer une dernière bataille, sans vraiment d'ennemis.

Chroniques de New Jeswang

City Blues

La City m'attendait depuis longtemps. Et moi j'étais descendu du bateau. Je l'avais imaginée un peu Blanche, un peu Africaine, un peu Indienne. Je l'ai reniflée hier, elle avait un drôle de goût, drôle et triste comme un blues. Une odeur triste et une saveur tout à toi.

Avec ma trompette, mon bâton, mes deux pieds, hier j'ai marché, marché, marché, fouillé dans tous tes sens, et ouvert solitaire cette danse.

Premier couplet

Une jeune femme blonde en costume de bain. Elle s'appelle Berek. Haut perchée sur deux piles rondes et bleues, elle sourit à qui la regarde. Elle t'offre la lumière dans la nuit, elle fait chanter ta radio. Elle te fait cadeau du temps, l'heure Berek à chaque instant : huit heures onze, huit heures trente sept, huit heures cinquante six... Chaque demi-heure la chanson Berek, jusqu'à la nuit. Tous les enfants la chantent. Les plus grands rêvent dans sa publicité, « hôtel Untel, seulement quatre cent par jour ! » Quatre cent : trois mois de salaire, pour une seule nuit ! Ca doit être une vraie merveille ...

Second couplet

Deux belles dames contrôlent un chargement : des tables, des chaises, des lits, des armoires, des appareils domestiques. Elles s'affairent, lancent des ordres, et petit à petit leur camion se remplit. Assis sur un muret, je les regarde comme observe l'Africain lorsque le touriste blanc commence à s'agiter. Elles me voient sans me regarder, moi je fais semblant de les fixer. En remontant dans la belle voiture, la plus jeune se retourne et me lance un petit geste avec une grimace espiègle. Elle est déjà partie.

Troisième couplet

« Hello M. Hippie », m'a crié dans le marché, Mademoiselle Suzuki (c'était écrit sur son tee-shirt). « Hey miss Suzuki ». Un petit bonjour en passant, une pause, un sourire, et je suis reparti.

Quatrième couplet

Je marche encore, je marche toujours, sans un seul arbre pour me protéger. J'entre dans une maison de ciment à trois étages, un divan, des fauteuils, un tourne-disque, du plastique partout, un vrai bain de sueur. On m'avait donné cette adresse … ma présence n'est pas trop appréciée, on me le fait sentir en toute courtoisie, impression réciproque « merci pour tout !» Et je ressors pour reprendre ma ballade.

Cinquième couplet

Je m'assois un instant près d'un vieux. Il me parle de la vie et des femmes, en souriant. Il ne s'est jamais marié. A force de toujours hésiter, de ne pas se décider, il est resté tout seul assis près de l'église.

Son petit-neveu s'avance. Le gosse me regarde, il gonfle une joue énormément, puis pince ses lèvres entre ses doigts, alors il balance l'autre bras et frappe sa joue avec le biceps. En cadence, comme un gros crapaud, c'est sa façon de saluer...

Sixième couplet

J'entre dans un clando. Les gens sont assis sur des tabourets au raz du sol, ils boivent et discutent. J'y rencontre un musicien. Il ressemble à un gros matou pas trop jeune.

« Tu es trompettiste ? Moi chanteur. Je vais te faire connaître un de tes collègues.» Il m'entraîne vers un autre clando.

Le vieux Charles a beaucoup bu. C'est un militaire désarmé. A sa retraite, on lui a enlevé sa trompette et son âme. Il me regarde sans trop comprendre, alors je sors ma trompette du fourreau, ses mains tremblent en l'empoignant, il approche ses lèvres et forme quelques notes. Enfin il sourit, le vieux Charles est vraiment fatigué.

Septième couplet

Je suis à la recherche de mon ami, le capitaine de « la reine du fleuve. » Mais rien à faire, je ne le trouverai pas. Je reste debout dans la rue, un enfant se présente à moi et me fait signe d'entrer dans une petite cour couverte par des tôles. Des petits sont en train d'apprendre, et sur l'estrade, un vieux en boubou est assis devant un tableau noir. Il m'a vu passer et a voulu me connaître. Son visage est doux et serein. Je réponds à ses questions, il hoche la tête en souriant, puis il trempe sa plume dans un encrier et se met à tracer de très belles lettres arabes.

Huitième couplet

Les maisons deviennent des baraques, je suis entré dans le ghetto. Une eau verdâtre s'écoule dans des tranchées à ciel ouvert, juste au bas du trottoir, attention à ne pas glisser dedans ! Un rasta man s'approche en agitant un Nun Cha ku, arme japonaise dramatique et ridicule : double matraque, double virilité. Son regard de conspirateur m'examine « Eh man, tu cherches à fumer ». Il ne me donne pas envie de fumer, tout au plus de continuer ma route.

Neuvième couplet

Une voix m'appelle sur mon chemin. « Eh toi le Blanc ! » Je ne me retourne même pas, mais je l'entends crier dans mon dos. « Eh le Blanc, viens ici ! » C'est un policier arrogant et désagréable. Il me pose des tas de questions. « Quel est ton nom, que fais-tu ici, où dors-tu ? » Puis d'un air ennuyé, il me fait signe de repartir.

Dixième couplet

Les enfants jouent avec un fou. Il a les cheveux défaits et marche presque nu. Des nuées de gosses se précipitent dans tous les sens pour l'exciter, avoir très peur de lui, attendre un geste terrible ou bizarre de sa part. Le fou rigole, se replie sur lui même, mais par moments il n'en peut plus des cris et pourchasse les gamins.

Onzième couplet

Je sens une femme, bientôt tout près de moi. Nous allons nous aimer. Elle n'est pas encore là, mais sa présence est proche. Dois-je l'attendre ou la chercher ?

Douzième couplet

Ma ronde s'arrête une fois encore devant la petite cour du gentil marabout. Une grosse femme s'approche avec une assiette, une très grande mangue et un couteau. Je découpe une première tranche et la lui offre en vain. Je l'offre au marabout et aux enfants, tous refusent et me regardent manger, l'air content. Elle a un goût extraordinaire. Je me repose sur l'estrade près du vieux. Les enfants sont partis. Je me lave les mains, le remercie, et il hoche la tête. Qui sait si nous nous reverrons ? Dehors le soleil est descendu, les marchands recouvrent leurs tables avec des toiles. Il me reste à décider, comment ressortir de cette ville.

Tu m'as souri, tu m'as crié, et saoulé. Tu m'as nourri, grimacé, abrité. Sous le soleil, tu t'es toute racontée. Et ma journée s'est terminée.

Fataya

New Jeswang, on ne sait pas bien ce que c'est. Le village de Jeswang a existé mais ailleurs; peut-être était-ce un nouveau village alors ? Aujourd'hui, c'est devenu un ghetto de Serekunda, la banlieue de l'île de Banjul, la capitale.

Le rêve des habitants de New Jeswang, c'est de gagner assez d'argent pour avoir un lopin de terre et y construire leur propre maison. Mais souvent il ne s'agit pas d'une maison familiale faite pour rassembler ses habitants, mais plutôt d'une série de chambres destinées à la location. Les maisons se construisent petit à petit, au fur et à mesure que l'argent permet d'acheter le ciment et le sable pour construire les briques, jusqu'au jour où l'on attaque la toiture de poutres couvertes de zinc...

Et derrière ma chambre, fenêtre contre fenêtre, il y avait la mosquée, petite et simple avec un muret sur lequel s'adossaient les vieux. Toute l'après-midi ils regardaient passer les gens, et ils causaient, puis au crépuscule, alors que les lampes à pétrole s'allumaient, avec leurs boubous, leurs chapelets et leurs nattes, ils entamaient les prières.

Tout près de la mosquée, le robinet public, lieu de nombreux conflits. Je m'étais habitué à leur résonance. En sortant de la maison, j'avais la vue sur la file d'attente, son humeur, et la puissance du jet d'eau. En fonction de ces divers éléments, je savais tout de suite si je pouvais ou non remplir mon seau. Je m'étais fait quelques alliées parmi les jeunes filles et les mamans, qui d'autorité attrapaient mon seau, le remplissaient et puis me le tendaient, parfois avec un gentil sourire. De temps à autre, la situation se dégradait. Le tuyau se cassait ou encore le robinet était fermé d'autorité pendant de longues périodes. Il fallait alors se rabattre sur le puits avec son eau suspecte, et ses voisins qui parlaient peu, mais n'en pensaient pas moins.

Au-delà du robinet, le magasin d'État. Quelques articles alignés avec une étiquette de prix, mais ce n'était guère ces produits qui intéressaient le voisinage. Le magasin vendait du riz, et c'était devenu tellement rare que jour et nuit, chaque famille y avait en poste un veilleur. Tous attendaient le vrombissement du camion, qui déclenchait une précipitation générale. Tout un quartier se mettait à courir, partout des nuages de poussière, les bassines arrivaient, les sacs, les sous. Mais la totalité du riz ou presque était vendue d'avance, car elle ne suffisait jamais aux besoins du quartier. Il fallait alors faire des réservations auprès de quelqu'un qui avait des affinités directes dans l'État de ce magasin, qui ne vendait jamais ses produits étiquetés.

～～～

Un matin, je suis parti à la recherche d'un espace ouvert où jouer de mon instrument sans trop d'interruptions. Mais dans trois directions on rencontrait le goudron de l'axe principal Banjul, Brikama. J'ai donc tenté le quatrième, sur la piste de sable et de poussière, entre les coins des maisons, les arbres, et les vieilles femmes assises. Tout à coup, je n'étais plus à New Jeswang, mais bien à Ibo Town, avec peu de différence d'ailleurs, mais au-delà des dernières habitations, j'ai rencontré des champs et quelques jardins, plutôt secs (car la saison des pluies était déjà lointaine), courageusement cultivés par les femmes, d'autres arbres plus imposants, et plus loin encore, des palétuviers et ma lagune enfin retrouvée.

Je me sentais comme rentré chez moi, et j'ai cherché mon endroit en avançant toujours plus loin. Enfin j'ai trouvé un baobab au sommet d'une petite colline, avec auprès de lui, un arbuste de fruits sauvages, un panorama de lagune et de palmeraie, où jouer chaque matin mes morceaux. Et quelques mois plus tard, ce baobab, dont j'avais un peu rompu la solitude, avait sorti ses feuilles bien avant tous les autres, en signe qui sait, d'amitié.

~~~~

Le dimanche appartenait au repos, car le président avait insisté sur cette nécessité. A New Jeswang on entendait toute la journée les claquements répétés des parties de dames, suivies par un public considérable, les jeunes femmes, elles, s'habillaient et se rendaient visite, les nouvelles circulaient le dimanche.

Nous avions joué la veille dans la grande salle d'une école technique. La soirée avait commencé dans une certaine froideur de température et d'ambiance, mais peu à peu elle s'était échauffée, jusqu'à libérer toutes ses énergies au début de la nuit. Il fallait, ce dimanche après-midi, échanger quelques idées entre nous. Nous étions populaires dans tous les grands villages du pays, le public répondait, mais les petites mafias en tout genre venaient puiser sur nos maigres recettes, nous n'avions presque rien comme salaire de musiciens, le matériel vieillissait, l'électricité était coupée dans notre salle de répétition, que faire ? Augmenter nos tarifs, mais qui allait payer ? Éviter les mafias, mais qui pouvait nous protéger ? Les dimanches à New Jeswang n'étaient pas inutiles.

~~~~

Un matin, la nouvelle fracassante est arrivée. « Kaba est mort. »

Kaba, symbole de toutes les richesses et de toutes les magies. Kaba, l'homme qui avait fait cadeau au président d'une voiture semblable à la sienne, pour ne pas l'humilier. Kaba, l'homme qui n'avait rien, et après un long voyage dans la vie, avait tout cumulé: richesse, puissance, épouses, notoriété. Il s'était lié d'amitié avec certains rois d'Afrique à qui, disait-on, il avait montré des voies inconnues. On parlait en chuchotant, de mystérieuses têtes d'enfants qui avaient circulé d'un pays à l'autre, assurant la puissance

absolue à qui les possédait...Tel grand Marabout, venu se récon-
cilier avec le président après un froid passager, lui avait demandé
de « démontrer à tous sa force », alors qu'il descendait chez lui
plusieurs semaines au centre de la capitale. Le séjour du marabout
ne pouvait être comparé qu'à ceux des princes des Mille et Une
Nuits, tant l'abondance et la magnificence avaient été offertes aux
regards de tous ceux qui s'approchaient. Et la nourriture n'avait
jamais manqué pour les pauvres qui s'étaient eux aussi aventurés
jusqu'aux portes de la résidence.

Mais dans ce pays, d'autres pouvoirs existent qui dépassent
ceux de l'économique, l'occulte ou pseudo-religieux, le pouvoir de
la majorité, à savoir des femmes. Les femmes peuvent construire
ou détruire quelqu'un, et la fin de Kaba l'illustre.

Un jeune chanteur avait été hissé à la qualité de star. Les femmes
l'avaient soutenu tout au long de sa péripétie, qui l'avait amené à
créer sa propre chose musicale pour échapper au carcan de la précédente. Elles lui avaient fourni le nécessaire et l'avaient porté au
sommet. Et lui les chantait, les chantait, et les paroles qu'il leur
lançait les enchantaient. L'une des jeunes épouses de Kaba avait
été chantée au vu et au su de tout un peuple. Certains n'avaient
pas renoncé à y voir quelque chose de suspect; on disait le chanteur
menacé, on le disait blessé, voire paralysé à la suite de tirs d'arme
à feu.

La rumeur était totalement infondée, mais elle n'admettait
pas l'innocence. Le coupable avait été désigné par mille adresses
occultes, qui avaient vivement réagi et balayé toute défense mys-
tique. Ainsi Kaba s'était écrasé sans raison ce matin, enfoncé dans
le siège arrière de sa voiture présidentielle, laquelle avait raté un
virage abordé des milliers de fois sans danger.

Les soirées sont longues à New Jeswang, assis devant la chambre à attendre quelque chose, en regardant les gens qui passent ? Les scènes du soir : qui se promène, qui tourne en rond, qui part à la recherche, qui a déjà trouvé. Les rues sont sombres, elles attendent la lune pour s'éclaircir; alors elles deviennent vivaces et sortent de leur anonymat.

Mais si tu veux te mettre en mouvement, il existe une destination, celle du cinéma. Le soir, c'est le lieu qui vit. Là déambulent les noctambules venus chercher la foule, tu aperçois tous ces gens groupés autour des tables qui vendent de tout, les cigarettes, les bonbons, les noix de cola, les oranges, le pain, les poissons frits, les œufs, les bananes, les brochettes, les arachides, avec la coque, sans la coque, salées, sucrées.

Certains entrent pour assister au spectacle. Il commence par les publicités, puis les bandes annonces, enfin le film chinois spectaculaire sur grand écran. Histoires antiques avec costumes d'époque, chevaux, rois méchants, rictus et pleins de sabres, souvent un vieux sage explique à ses élèves comment réussir à vaincre la nouvelle arme secrète. Scènes parfois comiques avec des mimiques démesurées, règlements de comptes accueillis par des applaudissements enthousiastes. Le film chinois, c'est tout cela et il finit par devenir sympathique, parce que banalisé à l'américaine, avec dialogues genre chewing-gum dans la bouche, il restitue le spectacle attendu.

Le film indien est plus proche de l'Afrique, images plus modestes mais chargées d'intentions. Chants d'amour et ballets qui expriment la joie ou l'espoir, fleurs et couleurs, expressions enchantées. Les histoires sont très longues; elles suivent un crescendo : d'un rythme extrêmement lent à l'action véritable, parodiée dans tous les styles, avec poursuites, échanges de tirs, règlement de comptes, eux aussi très applaudis. Il est pourtant moins viril, plus sensible, emprunt de religion et de morale, le bon est bon, et le méchant défait, dans une sorte de jugement dernier final.

Le reste est Hollywood, ou sa version italienne, avec des noms américains, des films d'action dans la jungle, de la violence et des tentatives d'érotisme. Suivi avec attention et respecté pour sa technologie, la précision de son image, mais reste un arrière-goût de peu de substance parfois.

La sortie du film est comme la fin prématurée d'une grande fête. Les gens commencent à se lever lorsqu'ils sentent venir la fin, mais ils se trompent parfois et sont obligés de se rasseoir pour la rallonge finale. Lorsque enfin l'image s'immobilise, c'est la bousculade, la troisième classe chevauche les sièges abandonnés des deux autres et arrive à la sortie alors que les voitures s'éloignent. Les tables commencent à se démonter.

Restent les solitaires qui n'ont pas tellement envie de rentrer. Imaginons les séquences suivantes comme l'entrée dans un nouveau film dans un style plus intime…

～～～

« L'étranger erre en observant d'un regard vague le mouvement général dont il constitue l'un des nombreux détails. Connu de tous, il a intégré le mouvement de la nuit.

Comme à l'accoutumée, il s'approche des tables, hésite, se fait solliciter par les marchandes, qui l'appellent « client », ou encore « mon fils ». Et lorsque sa main chargée de quelques pièces s'apprête à saisir un fataya, dans son dos une voix aiguë l'interpelle « Toi tu manges seulement ! » Il a à peine le temps de tourner la tête pour observer la fuite du regard de celle qui a fait irruption dans l'intimité de ses habitudes : une jeune fille sûre d'elle-même, mais avec une allure étrange. On dirait qu'elle a du mal à tenir en équilibre sur ses talons trop aiguisés. Elle est habillée d'un jean et d'un chemisier blanc, avec de grandes taches noires. Le dos tourné, elle entre dans la boutique du café au lait.

Il reste interloqué, comme interrompu dans ses rites d'après le film, et n'apprécie plus autant la saveur de son fataya. Il fait quelques pas en avant, puis revient au point de départ, consomme un second fataya, donne un rapide coup d'œil à la boutique du café au lait. Elle est bien là, assise.

La scène de ce film un peu particulier se déroule trop vite, il ne sait pas trop comment la jouer, sous le regard des marchandes et des curieux.

Enfin il se décide à entrer. Il s'asseoit juste en face d'elle, qui l'observe avec une moue plutôt moqueuse. Puis elle entre en action, se tourne vers le vendeur qui vient de lui servir une demi baguette « Tu as oublié le beurre ! », puis se tournant vers lui « Tu en veux ? » De nouveau au vendeur « Ton café au lait est trop chaud, donne moi un second verre, je vais le refroidir », elle passe le liquide d'un verre à l'autre, jusqu'à ce qu'il devienne tiède. L'étranger, entre-temps, reçoit son verre, lui aussi brûlant. Il demande le second verre et commence le même exercice, mais il répand une partie du lait sur la table. Elle lui prend les deux verres d'autorité et le fixe dans les yeux pendant qu'elle répète l'opération. Enfin ils se partagent le pain et le beurre. Ils restent ainsi en tête à tête, en échangeant quelques mots, par delà l'obstacle de la langue.

Il allume une cigarette et pense, « Si maintenant elle s'en va, je vais rester tout seul comme un idiot », alors il hésite encore un instant puis se lève et lui dit « Je m'en vais, bonne nuit ». Il sort et s'éloigne tout doucement les mains dans les poches, le regard perdu sur les affiches de cinéma, d'une démarche nostalgique. Il traverse la route et son regard se perd en direction de la boutique. À cet instant précis, elle en sort, se met en chemin puis se fige.

Lui s'adosse à un poteau et aperçoit au loin une sorte d'image fixe avec des grande taches noires. Cela dure longtemps jusqu'à cligner des yeux et se demander si cet écran est réel, ou s'il s'agit du reflet d'une quelconque lumière.

Puis le reflet se met en mouvement et s'éloigne vers la boulangerie, mais voilà qu'elle change de direction, repasse devant la boutique du café au lait et longe la façade du cinéma.

Une succession de plans : visage de la jeune fille et, au loin, silhouette immobile de l'étranger, visage de l'étranger bruit des talons de la jeune fille qui traverse la rue. Scène du règlement des comptes amoureux : un regard ferme, les muscles faciaux du visage, les deux faces rapprochées sous le poteau, léger tremblement des lèvres, elle lui demande « Mais toi, tu m'aimes ? » et il répond « Évidemment ! », les autres paroles comptent peu, car ils s'embrassent et la musique finale les voit s'éloigner, ensemble et non plus solitaires, dans la nuit. »

Remerciements

J'ai rencontré la maman d'Elena il y a déjà longtemps. J'avais écrit un livre entier en l'appelant. Une longue aventure, pleine d'images mais sans dessins. J'avais cherché en vain parmi mes nombreux amis peintres ou dessinateurs, quelqu'un qui veuille illustrer mes histoires. Le jour où elle est née, j'étais seul à la regarder et à la tenir dans mes bras tel un vieux rêve, une merveilleuse nouvelle joie. Puis Elena avait cessé de téter, s'était mise à parler, et bientôt à marcher jusqu'à la maternelle, pour faire des traits puis former des personnes, toutes inventées, sans jamais les copier.

« Dessine-moi un vieux monsieur qui marche courbé en avant, et porte un panier avec ses deux mains croisées derrière son dos ». Tout d'un coup le vieux Zeng m'était réapparu, … puis l'enfant, … puis Gauloises.

Un second rêve venait de se réaliser.

~~~~~~

A Pa Ada, Senghor, Ayang, Mathias, Jonas, Vieux Fall, Simon, Pa Antoine, Pa Malal, Mame Anna, Mame Toute, Moustapha Dimé, Jean-Pierre, Ernestine, Ieta, et bien d'autres êtres rencontrés qui ne pourront jamais lire ou se faire lire ces quelques histoires et d'autres vécues ensemble, car ils sont déjà partis.

A Pierre Ly, ce grand frère, lui aussi rencontré, et trop tôt reparti.

Un grand merci à Marie José Crespin pour ses encouragements, ses conseils et ses corrections.

Page 74, je retrouvais un jour cette histoire dans *Les mille et une nuits*, le narrateur y décrivait des plantes qui disaient leurs secrets à l'approche de la reine des serpents (histoire de Hasib Karìm ad-Din).